AF191944

Leo van der Weele

Terug in Oaxaca

novum ◢ pro

Dit boek is ook als
e-book
verkrijgbaar.

www.novumpublishing.nl

© 2023 novum publishing

ISBN 978-3-99146-163-0
Geredigeerd door: Ine van Gerwe
Omslagfotos: Pixattitude,
Aleksandar Todorovic I Dreamstime.com
Ontwerp omslag, lay-out & typografie:
novum publishing

www.novumpublishing.nl

Climate neutral
Print product
ClimatePartner.com/16547-2201-1002

Oaxaca

"Op deze plek in dit hotel in dit Oaxaca zat ik. Toen. Ik was nogal nerveus omdat ik niemand van het gezelschap kende. Toen kwam jij, Herbert, binnen. Je keek zoekend rond en zag een bijna leeg tafeltje. 'Is deze stoel nog vrij?' vroeg je. Ik keek op en we herkenden elkaar. Van de trein van Groningen naar Amsterdam, beiden op weg naar Mexico. Maar dat wisten we niet van elkaar. Ik denk zo vaak aan dat moment en zal het nooit vergeten. Zolang dat nog kan."

"Ja, lieve May, ook ik zal dat moment nooit vergeten. Dat moment dat we bij elkaar zijn gekomen."

"En bij elkaar zijn gebleven, ondanks alle problemen die we hadden toen we na Mexico weer terug in Groningen waren. O, wat heb ik het jou moeilijk gemaakt. Ik was een onmogelijk mens. Toen. Je moet me vaak hebben gehaat. Hoe heb je het volgehouden? Zeg eens: hoe vaak heb je gedacht mij in te ruilen voor Sanne?"

"Nooit, echt niet. Sanne betekende veel voor mij, toen, maar meer dan vriendschap heb ik nooit voor haar gevoeld."

"En dat jullie elkaar zo vaak op de mond zoenen dan?"

"Je weet dat dat niets betekende. En toch was je jaloers, weet ik. Jou gehaat? Nooit, al was ik weleens wanhopig door jouw wispelturige gedrag. Vooral door jouw obsessieve drang om na je leukemie je opgelopen achterstand in te halen, waardoor je niet de tijd nam, en ook eerder niet had genomen, je harmonieus te ontwikkelen."

"Ja, ik was volkomen bezeten. Achteraf kun je zelfs zeggen: getraumatiseerd. Heb jij dat toen zo begrepen?"

"Ik denk niet dat ik het echt begrepen heb, maar ik voelde het wel aan. En mijn liefde voor jou was zo groot, dat ik alles kon accepteren."

"Weet je, Herbert, weet je waar ik nu zin in heb?"

"Een kus, denk ik."

"Ja ook, maar ook een drankje. Ik een margarita en jij een tequila, zoals we toen in Mexico leerden drinken."

Herbert bestelt de drankjes en ze dromen weg, in gedachten aan hun kennismaking, toen, nu zo'n twintig jaar geleden. Ze zijn nu voor het eerst terug in Mexico, op een *sentimental journey*. Toen waren ze, behalve in Mexico City, nog meer plaatsen met oudheden afgegaan. Maar door de conditie van May blijft Oaxaca nu hun enige bestemming. Daar was toch alles voor hen begonnen. Ze hadden nu nog wel de tocht naar de opgraving op de Monte Albán gemaakt.

"Weet je nog, Herbert, toen die rit met de bus naar de Monte Albán? Die bocht die we in zo'n drie of vier keer vooruit en achteruit moesten nemen vlak naast die peilloze afgrond? Goh, wat was ik bang."

"En toen greep je mijn hand voor steun. Dat ontroerde mij enorm. Misschien was dat wel het echte begin van ons samenzijn."

"Ja, jouw steun, die ik daarna zo vaak heb gekregen, en zo vaak heb afgewezen."

"Ik heb dat altijd met liefde gedaan."

"Maar ondanks mijn afwijzingen bleef je mij helpen. Pas na die frustrerende tijd waarin ik mijn promotieonderzoek deed, ben ik gaan beseffen wat jij voor mij hebt gedaan."

May streelt Herberts hand.

"En jij hebt mij een gelukkig leven bezorgd. Goh, wat had ik een slechte start en wat ben ik daar slecht mee omgegaan. Op mijn zestiende leukemie, en toen gedacht dat ik daaraan dood zou gaan. Toch hersteld en alsnog mijn school afgemaakt en toen kon ik medicijnen gaan studeren. Ik wilde die vier, vijf jaar achterstand hoe dan ook inhalen en verzuimde daardoor te zorgen voor een harmonieuze ontwikkeling. Geen feestjes, geen uitjes, geen vriendjes. Behalve die ene die mij in een zeilboot ontmaagde en daarna in de steek liet. En toen mocht ik mij specialiseren tot longarts. Fantastisch! Maar ik kwam ondanks dat ik al zoveel bereikt had, niet tot rust en moest ook nog zo nodig promoveren. Zo ontmoette jij mij toen in Oaxaca."

"Ja, wat was dat een toeval. Terug in Groningen verloren we elkaar uit het oog. Tot jij mijn hulp zocht voor de statistiek die je in je onderzoek nodig had. Ik was in gesprek met een klant, Sanne, en mijn telefoon ging. Verstoord nam ik op. 'Met May!' Ik zal het nooit vergeten."

"Ja, en toen begonnen we een relatie. Maar wat ging dat moeizaam. Door mij! Ik was echt onmogelijk, besefte ik pas veel later. En toch bleef jij me trouw, terwijl ik jou meer afstootte dan aanhaalde. Hoe is het mogelijk dat je toen van mij hield en bleef houden!"

"Tja, dat is liefde. Natuurlijk was ik zo nu en dan behoorlijk kwaad op je. Maar toch ... Ik vind dat je zo'n gevoel niet moet analyseren. Je moet je daar gewoon aan overgeven, zonder daar over na te denken. Ja, ik hield zielsveel van je. O, wat was ik in paniek toen je tijdens je werk in het ziekenhuis afknapte. Je was in coma en de artsen wisten de oorzaak niet. O, wat was ik bang je te verliezen, verschrikkelijk bang. Maar je bleef vechten en redde het. En je ging weer door met je promotie. O May, wat was ik trots dat je daar voor de corona je proefschrift zat te verdedigen. En toen kwam de pedel binnen ten teken dat de ondervraging klaar was. Je was doctor in de geneeskunde!"

"En ook maakte je me vrouw. Ik moest het nog leren, op mijn leeftijd! Maar ik leerde van seks te genieten. Ik verheug me nu al op dat bed, straks op onze kamer ..."

"Ja, ja, maar eerst lekker Mexicaans eten, en dan nog even nazitten in deze prachtige tropische tuin van dit hotel."

Ze zitten onder een schitterende sterrenhemel, hand in hand, en dromen weg in het leven dat achter hen lag.

Hoofdstuk 1

'Hora finita' kondigt de pedel aan. Herbert slaakt een zucht van verlichting. Het is voorbij. May is klaar met de verdediging van haar proefschrift. De corona verlaat de zaal. Dan volgt May, begeleid door haar paranimfen. Haar gezicht staat strak van de spanning. Ze kijkt niet naar Herbert. Dan is het wachten tot de corona terugkomt. De voorzitter verklaart dat May de doctorstitel krijgt en geeft eerst het woord aan de promotor prof. Martijn voor het uitreiken van de bul. "Maar alvorens dat te doen," zoals de formele zin luidt, "wil ik een persoonlijk woord tot de promovendus richten." May blijft uiterst gespannen, ziet Herbert wel. Professor Martijn roemt het onderzoek en het proefschrift van May. "Het geeft een wezenlijke bijdrage aan de wetenschap," constateert hij. Maar ook spreekt hij zijn bewondering uit voor haar inzet, waarbij ze haar gezondheid op het spel had gezet. "Ik begroet in u een waardig nieuw lid van de wetenschap." Daarna spreekt hij de formele verklaring van de toekenning van de doctorstitel uit en toont volgens traditie May de daarbijhorende bul. Ook nu blijft de spanning bij May zichtbaar. Ongebruikelijk, maar de weg die May heeft gevolgd om zo ver te komen kennend, applaudisseert de zaal. Herbert heeft tranen in zijn ogen. Als ze de aula verlaat vangt hij May op met een innige zoen. Dan volgt de receptie. Iedereen is er. Natuurlijk de ouders van May en Herbert, Henriette is er en veel collega's van May, van de faculteit en van het ziekenhuis. May hoort alle vriendelijke woorden, maar de spanning gaat niet over. "En nu gaan we lekker eten," kondigt paranimf Demi aan. "En ik heb een enorme behoefte aan een borrel," voegt de andere paranimf Sanne eraan toe. De paranimfen hadden een intiem dinertje georganiseerd in een restaurant aan het Paterswoldse meer. Behalve promotor Martijn en echtgenote, zijn alleen de ouders en de echtgenoot van Demi er. Henriette was wel uitgenodigd, maar wilde, als ex-vrouw van Herbert, liever niet. Martijn spreekt nog eens zijn bewondering uit. Mays vader spreekt haar met veel warmte en trots toe, waarbij hij ingaat op haar leukemie toen ze zestien was. En hij benadrukt hoe hard ze daarna had gevochten om dokter te worden: "En nu zelfs doctor. Ik ben ongelooflijk trots op je." Herbert houdt Mays hand vast en luistert alleen maar trots naar alle lof die zij krijgt. May ziet er vooral moe uit. Ze ziet ook op tegen het feestje voor vrienden en collega's dat nou eenmaal bij een promotie hoort. Maar het blijkt heel leuk te zijn, al beleeft ze het vooral in een roes. De collega's voeren een paar grappige sketches op en Martijn houdt een geestige toespraak, waarbij hij akelige dingen van May vermijdt. Ontroerend is een ongenode gast, een vrouw waarmee May in het ziekenhuis had gelegen toen ze leukemie had. Er vloeien daarbij veel tranen.

In de taxi houdt Herbert haar hand vast, terwijl ze uitgeput tegen hem aan zakt. Na alle emoties van de dag, hebben ze niets meer te zeggen. Thuis helpt Herbert May in bed, maar drinkt zelf nog een borrel om de ook voor hem zo emotionele dag te verwerken.

Herbert is al vroeg wakker. Naast hem ligt May nog te slapen. Hij sluipt het bed uit, drinkt koffie en maakt een ontbijt klaar voor May. Voorzichtig kust hij haar wakker. Ze slaat haar mooie blauwe ogen open. Ze heeft duidelijk moeite tot zichzelf te komen en begint hartstochtelijk te huilen. Hij neemt haar in zijn armen, probeert haar zo te kalmeren, maar ze blijft huilen. Herbert probeert haar rustig te krijgen, maar het helpt niet: het huilen houdt niet op.

"Laat me maar, ik kan niet anders dan janken, laat het maar. Ga maar gewoon naar je werk," snikt May.

"Zeg toe nou, ik blijf vandaag bij je. Na het feest van gisteren gaan we het nu fijn samen vieren, doctor Simons!"

"Je bent lief. Ik ga me aankleden, dan gaan we wat gezelligs doen, een goed idee," snikt May nog na. Ze blijft heel lang douchen, trekt wat makkelijke kleren aan en zijgt naast Herbert op de bank neer. En begint weer te huilen.

"Huil maar uit, je moet de zo lang opgebouwde spanning kwijt. En dat moet maar met tranen."

Herbert weet niet hoe hij het moet aanpakken haar rustig te krijgen. Ze zou toch blij moeten zijn dat ze nu klaar is en met zoveel succes. Hij kan er niet goed bij! Er even uit?

"Ja, misschien moet dat maar, even uitwaaien. Het spijt me, Herbert, maar ik kan me niet inhouden. Ik weet het, ik zou blij moeten zijn, maar de adrenaline zit nog zo in me."

Herbert pakt de auto en ze rijden richting Lauwersoog. Er staat veel wind en zo waaien ze, daar bovenop de dijk, lekker uit.

"Weet je, Herbert, weet je wat ik zou willen?"

"Nou?"

"In het water springen en zwemmen, zwemmen, tot ik niet meer kan."

"Zeg, ben je helemaal? Niks zwemmen, veel te koud. We halen een visje, eten dat in de auto op. Thuis bestellen we chinees en gaan vroeg naar bed. Ik wil graag met een doctor slapen!"

"Je bent lief." En May begint weer te huilen.

Het huilen houdt ook de volgende dagen niet op. May is volkomen uitgeput en doet weinig anders dan slapen. Herbert begint zich hevig ongerust te maken en neemt vrij om bij haar te zijn. Voorzichtig praat hij over hoe het verder moet met hen.

"Lieve May, je bent nu klaar en we kunnen over onze toekomst praten. Wanneer gaan we trouwen?"

"Ja, trouwen, dat gaan we doen, dat heb ik beloofd, maar nu ben ik zo moe." En ze begint weer te huilen.

"Het kan niet zo doorgaan, lieve May. Ik heb een plan. Nee, meer dan dat: we gaan het gewoon doen. Je moet er eens helemaal uit. We gaan met vakantie."

"Kun je wel weg van het rekencentrum? Én waarheen gaan we dan?"

"Ik kan best weg. En waarheen we gaan, vertel ik niet. Dat moet een verrassing zijn."

"Lief. Ik hou niet zo van verrassingen, maar als ze van jou komen, is het ongetwijfeld iets mooi."

May wordt wel wat rustiger, maar het ontbreekt haar aan energie. Ze vraagt steeds waarheen ze zullen gaan, maar Herbert weigert dat te vertellen.

"Maar ik moet toch weten welke kleren ik moet meenemen."

"Zeker niet iets voor de tropen, iets sportiefs, iets warms, maar ook iets om uit te gaan. En je moet je paspoort meenemen. Verder zeg ik niets, dame."

Ze stappen in de trein naar Amsterdam.

"Deze treinreis hebben we eerder gemaakt, maar zonder elkaar te kennen," merkt May op, "we gaan toch niet naar Mexico? Nee, dat kan niet, want ik hoefde geen kleren voor de tropen mee te nemen. Toe, vertel, waar gaan we naar toe?"

"Wait and see, je zult het zo wel zien."

In Amsterdam nemen ze de bus naar Schiphol.

"Dus we gaan vliegen. Maar waarheen? Toe, zeg het, Herbert."

Maar Herbert blijft zwijgen. Op Schiphol blijkt de bestemming Zurich te zijn.

"Dus Zwitserland, wintersport neem ik aan, maar welke plek?"

"Geduld! Geniet nou eerst maar van het vliegen. Met deze heldere lucht, kun je een hoop van het landschap zien. Ik doe mijn ogen wel dicht, want je weet dat ik niet van vliegen houd."

May heeft een plaatsje aan het raam en kijkt gretig naar buiten. Met zijn hand in de hare, zit Herbert, minder ontspannen, naast haar.

"Ook eerder hebben we zo hand in hand gezeten," zegt May, "terug uit Mexico en toen kenden we elkaar inmiddels."

Vanaf vliegveld Kloten nemen ze de bus naar station Zurich. Ze kunnen meteen op de trein stappen, bestemming Davos.

"Davos dus. Heerlijk! Voor een longarts natuurlijk een bekende plaats. Ik ben er nooit geweest, maar heb er veel over gehoord en gelezen. Voor astmapatiënten was het een uitkomst. Maar wel zwaar omdat ze soms jaren van huis waren. Ik herinner me dat Hella Haasse het zo moeilijk had dat haar moeder daar heel lang heeft gelegen. En het sanatorium wordt natuurlijk ook in verband gebracht met het lid van De Ploeg Jan Wiegers. Die was daar met Kirchner, door wie zijn werk sterk werd beïnvloed. Ik wil daar best rondkijken. Maar dat is niet onze vakantiebestemming, neem ik aan."

"Nee, we gaan skiën, wandelen, lekker eten en vooral: ontspannen. Vooral, lieve May, wil ik genieten dat we een tijdje alleen maar voor elkaar zijn. Geen promotie, geen werk, alleen jij en ik. Maar natuurlijk gaan we ook het sanatorium bekijken, als je dat leuk vindt."

"Ja, heerlijk. Het spijt me hoe ik jou heb verwaarloosd. En toch bleef je me altijd steunen. Kusje?"

Ze genieten van de reis van Zurich naar Davos. Eerst rijden ze langs het prachtige meer van Zurich. Daarna wordt het landschap steeds bergachtiger tot ze in Chur moeten overstappen op een treintje dat de helling van de hoogte van Davos kan nemen. De bergen worden steeds hoger en meer met sneeuw bedekt.

"Prachtig, wat is dit mooi," verzucht May, "ik geniet nu al. Wat een goed idee van je."

Het hotelbusje staat bij het station voor ze klaar. Een niet te grote, maar gezellig ingerichte kamer biedt uitzicht op de besneeuwde bergen. Ze besluiten eerst wat te eten in het hotel en dan de stad en de omgeving te voet te verkennen. Ze lopen langs het sanatorium, maar May wil niet naar binnen gaan.

"Nee, nu maar geen confrontatie met mijn werk."

May knapt nu al zienderogen op. De vakantie verloopt heel ontspannen. Ze wandelen veel in de bergen en het dorp. Daar lunchen ze dan gezellig en dineren 's avonds uitgebreid. May waagt zich ook een keer op de ijsbaan. Ze nemen een ski-les, maar dat bevalt niet. May geniet en komt helemaal tot rust, waardoor ook Herbert van hun vakantie geniet. Zo vliegt de tijd om en moeten ze, voor hun gevoel te snel, weer naar huis.

Oaxaca

"Ja, Davos was lekker, er even uit. Een goed idee van je, al vond ik het – eigenwijs als ik ben – niet nodig. Het is goed dat je je plannen dan gewoon doordrukt. Ik kende Zwitserland niet, maar heb nu gezien dat het een prachtig land is. Die bergen, die sneeuw. Het is wel wat anders dan het tropische Oaxaca waar we nu zijn."

"Ja, ik ben ook blij dat we dat hebben gedaan. En nu genieten we van de warmte. We moeten de tijd benutten. Leuke dingen doen. Nu het nog kan," reageert Herbert.

Hoofdstuk 2

Weer thuis, ziet May er als herboren uit. De vakantie heeft haar duidelijk goed gedaan. Het gewone leven gaat weer beginnen. Herbert moet nodig weer aan het werk, maar ook May heeft zin om weer te gaan werken. Ze wordt hartelijk begroet op de afdeling. Dat ze nu gepromoveerd is, maakt voor haar werk niets uit. Maar alles voelt wel anders voor haar, omdat de druk van het werken aan haar proefschrift is weggevallen. Toch heeft ze zin om weer een nieuw onderzoek te beginnen, omdat ze de combinatie patiëntenzorg en onderzoek het mooiste vindt. Ze praat er met haar baas Klaas Martijn over. En die heeft wel een onderwerp. Iets waar collega Demi ook aan werkt, zodat ze het mooi samen kunnen doen, maar toch met ook een eigen deel. May vertelt het enthousiast aan Herbert. Die schrikt, kijkt haar bezorgd aan.

"Zou je dat wel doen? Nu al? Je hebt je toen helemaal over de kop gewerkt. Je bent er bijna aan dood gegaan. Alsjeblieft, lieve May, dat mag niet weer gebeuren. Ik was toen zo bang dat ik je zou verliezen. Neem eerst nog even rust voordat je je weer helemaal verslingert aan een onderzoek. Laten we eerst trouwen, zoals we toen hebben afgesproken."

"Ja, je hebt gelijk. Ik moet verstandig zijn, meer naar jou luisteren. Ik zal met Martijn afspreken dat ik graag later aan dat onderzoek zal beginnen. Goed? Zullen we dan nu onze trouwerij plannen? Wat is jouw idee?"

"Trouwen, hoe kan me niet schelen, als het maar gebeurt."

"Ja, het moet iets van ons samen zijn. Geen uitgebreide receptie, geen feest, gewoon jij en ik, het stadhuis, met zijn tweetjes uit eten en dan getrouwd naar bed."

"En wat doen we met onze ouders? Moeten die er niet bij zijn?"

"Misschien zou dat wel moeten, maar wat mij betreft liever niet. Als we ze nou de volgende dag te eten vragen en het ze dan vertellen. Zouden ze dat heel erg vinden?"

"Ze zullen best teleurgesteld zijn, maar het toch wel accepteren, omdat ze begrijpen dat de druk van een uitgebreide trouwerij voor jou teveel zal zijn. Nu even doortastend zijn: we beslissen dat we in stilte trouwen."

Herbert haalt de volgende dag de papieren op en ze maken een afspraak voor de ondertrouw. May zoekt een eenvoudig, maar stemmig jurkje uit, dat ze niet aan Herbert laat zien. Herbert reserveert een tafel in een restaurant aan het water. De ambtenaar van de burgerlijke stand schat de situatie goed in en houdt een korte toespraak. Ze wisselen ringen uit en de gebruikelijke zoen is heel warm. Voordat ze gaan eten, maken ze nog een ritje door het prachtige, rustieke Noord-Groningen. Toch erg aangedaan hebben ze tijdens het eten weinig te zeggen.

"En nu gaan we als getrouwd stel naar bed," merkt May op.

Oaxaca

"Ja, toen was ik gepromoveerd en knapte vervolgens volkomen af: huilen, huilen, niets dan huilen. Je was wanhopig, probeerde me te helpen, maar niets hielp. Tot je me dwong met vakantie te gaan. Naar Davos. Wij samen, daar in alle rust, met jou in dat heerlijke Davos, kwam ik weer tot mezelf. Weer thuis bleek ik toch geweldig hardleers. Ik moest zo nodig weer onderzoek gaan doen."

"Ja, ik schrok me rot, zag je weer afknappen door volkomen uitputting. O, wat ben ik toen bang geweest je te verliezen. Ik moest je dus beslist van dat onzalige idee afbrengen."

"Het lukte je door door te zetten dat we eerst zouden gaan trouwen."

"Wat was die trouwerij toch heerlijk intiem, wij samen, geen gasten. De teleurgestelde ouders hebben we de volgende dag pas verteld dat we waren getrouwd. Gelukkig begrepen ze het."

"En nu, zo'n twintig jaar later, zitten we hier, weer met zijn tweeën. Hoe zou het met onze Fleur zijn?"

"Mist jouw moederhart ons dochtertje? Die redt zich heus wel, gezellig uit logeren bij vriendin Maaike."

"Ja, dat ze zich redt, is zeker waar, maar toch maakt een moeder zich altijd zorgen. Ik denk dan weer terug. Zestien was ik, had leukemie en het zag er somber uit: die ziekte betekende toen dat je dood zou gaan. En nu is onze Fleur ook rond de zestien. Kun je je voorstellen dat ik steeds denk aan toen, aan toen ik doodziek was? Weer hersteld, o wonder, dan fanatiek medicijnen studeren en daarna met heel mijn hart dokter zijn. Moest ik daarmee een schuld inlossen dat ik het overleefd had en zoveel anderen niet? Het dokter zijn, nam mij zo in beslag dat ik gewoon niet aan kinderen dacht. Gelukkig kwam ik, ook omdat jij het ter sprake bracht, nog tot andere gedachten. En zo kregen wij Fleur. Ik ga haar morgen bellen. Wat is er toch allemaal in ons leven gebeurd?"

"Ja, wat is er gebeurd? Veel! Heb je trouwens je medicijnen al ingenomen?"

"Goed dat je het zegt. Ik was het vergeten. Of wil ik het vergeten? Soms zou ik alles willen vergeten. Zoals nu, in bed, hand in hand liggend, niet aan morgen denkend, maar wegdromend in het verleden."

"Ja, toen waren we getrouwd en moesten we, na alle drukte van jouw promotie, een huwelijks leven opbouwen. Jij als volledig gekwalificeerd longarts, en ik bezig met een carrière als computerman en statisticus."

"Ja, laat ons terugdenken aan hoe je verder ging als statisticus op het rekencentrum, wat door alle aandacht voor mijn promotie op de achtergrond was geraakt. We hebben het altijd over mij, maar nu ben jij aan de beurt om over terug te denken."

Hoofdstuk 3

Herbert meldt het rekencentrum dat hij in het huwelijk is getreden en trakteert op gebak. En dan pakt hij het werk weer op. Hij mist May en Sanne als klant. Die twee betekenden toch veel meer voor hem dan alleen maar een klant die je technische hulp gaf, realiseert hij zich. Met Sanne hebben hij en May nog wel contact, maar ze zien haar niet vaak meer. Zou ze het gevoel hebben dat ze haar steun nu niet meer nodig hadden? Maar er was toch vriendschap en niet alleen maar steun. Er zouden zeker nieuwe interessante klanten op hem afkomen. En hij zou ook weer bezig zijn met Jaap de orthodontist met zijn onderzoek naar kaakgewrichtsafwijking bij kinderen. Ze werkten creatief samen, wat tot een aantal wetenschappelijke publicaties had geleid.

Zo komt Herbert weer snel terug in zijn oude patroon. Hij geeft weer cursussen in het gebruik van statistische programmatuur en ontwikkelt een cursus voor een nieuw statistisch pakket dat vooral geschikt is voor het maken van grafische voorstellingen. Hij geeft kortlopende hulp aan diverse onderzoekers, vooral uit de faculteit geneeskunde. Het valt op dat zijn hulp zich verlegt van helpen bij het rekenwerk naar methodologische en statistische adviezen. Wat Herbert overigens leuker, want uitdagender, vindt, omdat daar de wiskunde van pas komt. 'Dat de klant nu zelf de berekeningen kan maken, komt zeker door onze cursussen,' bedenkt hij. Ook in de organisatie groeit Herbert. Hij wordt gevraagd hoofd van de afdeling ondersteuning te worden. De groep geeft voorlichting, cursussen en ondersteuning van de klant bij het gebruik van de computer. Herbert vindt het best leuk dat hij ook met andere zaken dan statistiek bezig moet. En, anders dan hij had verwacht, vindt hij ook het managen boeiend. Al met al, verschuift zijn taak naar steeds minder uitvoerend werk en steeds minder houdt hij zich met statistiek bezig. Maar dat verandert! Op een feestje van een jaargenoot raakt Herbert in gesprek met een docent aan de avond-heao. Deze wiskundige, die daar ook onderdirecteur is, beklaagt zich dat ze een vacature docent statistiek hebben en deze maar niet kunnen vervullen.

"Zeg Herbert, jij doet toch ook aan statistiek. Is deze job niets voor jou?"

"Goh, dat overvalt me. Aan het leraarschap heb ik nooit gedacht. Op de middelbare school was leraar worden het laatste dat ik zou willen, hoewel er voor wiskundigen toen weinig andere opties waren. Dat ligt nu met de opkomst van de informatica wel anders, maar toen waren de mogelijkheden beperkt. Maar nu je het aanroert? Ik houd me uitsluitend bezig met toepassingen van de statistiek en daarmee raakt de theorie wat op de achtergrond. Maar die blijft mij wel boeien. En een probleem natuurlijk is dat ik al een volledige aanstelling heb en die niet wil verminderen. Mag ik er even over nadenken?"

"Natuurlijk. Kom eens langs. Dan zal ik je de 'stallen' laten zien. En bekijken we de vacature in meer detail. Het gaat overigens over maar vier uur, verdeeld over twee avonden. En overdag heb je er niets voor te doen."

Herbert vindt het een fascinerend idee: voor de klas om de theorie van zijn vak te geven. Hij bespreekt het met May. Die vindt dat hij het zelf moet beslissen, maar moedigt hem wel aan omdat ze ziet dat het hem wel erg aanlokt. Herbert bezoekt de school en heeft daar een interessant gesprek over de baan als leraar. Een docent statistiek die bij het gesprek aanwezig is, vertelt over de stof die moet worden behandeld. Er zijn wat typisch economische methoden: tijdreeksen en indexcijfers, maar het overgrote deel bestaat uit klassieke stof: kansrekening, beschrijvende statistiek en schatten en toetsen. Herbert vertelt het enthousiast aan May en meldt de school de volgende dag dat hij de functie aanneemt. Er breekt zo een drukke tijd aan voor Herbert. Naast zijn volledige baan op het rekencentrum, moet hij twee avonden les geven. Met de voorbereiding erbij, heeft hij dus genoeg te doen.

Omdat ook May het druk heeft – medisch specialisten maken lange dagen, waarbij ook nachtdiensten en weekenddiensten komen – hebben de jonggehuwden weinig, te weinig, tijd voor elkaar. Maar de tijd die ze samen hebben, beleven ze heel intensief en warm. May heeft een kleine kerstvakantie en ze besluiten die te gebruiken door een paar dagen weg te gaan. Ze vinden een rustig hotelletje in Zandvoort. Ze slapen lang uit en maken lange wandelingen over het strand. Ze genieten van de natuur, vooral op oudjaarsavond toen ze door een sneeuwstorm tegen de wind in worstelden. Ze kopen wat oliebollen, lekkere salades en een fles champagne en beleven de jaarwisseling comfortabel in bed.

"Een heel gelukkig nieuwjaar, lieve May."

"Lieve Herbert, ook voor jou een prachtig jaar. Ik ben zo blij met je. Wat heb ik het je moeilijk gemaakt toen ik nog bezig was met mijn proefschrift. Ik schaam me, achteraf. Dank dat je het volgehouden hebt met me. Dank, door jou liggen we hier nu samen in bed. En wil ik met je vrijen. Nu."

Oaxaca

Ze doen het rustig aan omdat May niet veel aankan. Daarom verkennen ze in hoofdzaak Oaxaca zelf en de directe omgeving. Ze besteden veel aandacht aan de prachtige kerk, maar bezoeken ook de oudheden in het nabij gelegen Mitla.

"En ik wil, net als toen, de dikste boom van de wereld zien. In ieder geval volgens de Mexicanen," zegt May.

"Indrukwekkend, hoor. De omvang is 36,20 meter en je hebt een minuut nodig om er omheen te lopen, lees ik in deze folder," vertelt Herbert. "Zullen we dat eens uittesten?"

"Nou, ze hebben nog gelijk ook. En nou ben ik moe. Vervelend dat er in dit land geen terrasjes zijn te vinden. Maar daar zie ik een stalletje met een paar stoelen. Daar kunnen we zeker wel iets fris krijgen," merkt May op.

Ze gaan weer vroeg terug naar het hotel. In de prachtige, relatief koele tuin drinken ze wat fris. Ook eten ze in het hotel en gaan daarna vroeg naar hun kamer.

"Ik ben nu heel moe, maar, Herbert, ik ben zo blij dat we deze *sentimental journey* maken. En dat we nog eens herbeleven hoe we zijn begonnen. Alles van toen komt weer boven. Maar ook denk ik nu sterk hoe ons leven verder is gegaan. Ons leven! Dat het ons zou worden, zag er niet naar uit, toen we, terug in Groningen, elk contact met elkaar verloren."

"Ja, tot na maanden op mijn bureau de telefoon ging. 'Met May,' hoorde ik heel aarzelend zeggen."

"Ja, toen was er een herstart. En ondanks alle problemen die we hebben gehad, zijn we bij elkaar gebleven. En liggen we nu terug te kijken op ons leven. Jouw carrière op het rekencentrum verliep voorspoedig en ik genoot van het longarts zijn."

Hoofdstuk 4

Hoewel het heel druk is, gaat May elke dag opgewekt naar het ziekenhuis. Ze doet vaak de polikliniek. Al die, vaak erg benauwde, mensen met CARA, emfyseem of nog andere klachten vragen haar inzet. En al die rokers! Ze is elke keer weer verbijsterd als ze bij de ingang van het ziekenhuis mensen in een rolstoel ziet roken. Als ze die mensen dan als patiënt krijgt, probeert ze hen hardnekkig van het roken af te brengen. Maar helaas lukt dat maar zelden. Het werk op zaal vindt May het leukste. Ze neemt dan de tijd de patiënt, niet alleen te onderzoeken, maar ook met een praatje hun leed te verlichten. Ze informeert de zieke dan uitgebreid over de ziekte, de bijbehorende symptomen en een prognose. Uiteraard hoort daar ook bij hoe daarmee te leven. De samenwerking met de verpleging, vindt ze prettig. Ze mijdt dan een ivoren toren door de verpleging uitgebreid te vertellen wat de patiënt markeert. Een paar keer ontmoet ze in haar werk Henriette. Maar verder dan praten over het werk, komt het niet. May heeft het gevoel dat Henriette het praten over Mays huwelijk met Herbert vermijdt. En dat kan ze zich van zijn ex ook wel voorstellen. Sanne ziet ze alleen maar in het voorbijgaan. Dan is het 'dag' 'dag' en daarbij blijft het. May vraagt zich af wat de oorzaak van deze, zo andere, houding van Sanne kan zijn. Ook Herbert kan geen verklaring van dat afstandelijke vinden.

Zo leven ze in betrekkelijke rust. Ze doen samen boodschappen en zorgen voor het huishouden. Een enkele keer gaan ze samen uit. Dat is dan meestal een klassiek concert. Ook gaan ze weleens naar de schouwburg of naar een film. Uit eten gaan doen ze zelden. Als ze echt geen zin in koken hebben, laten ze wat bezorgen, doorgaans Mexicaans of Chinees. Meestal blijven ze samen thuis. Dan spelen ze monopoly of scrabble. Dat doen ze dan heel fanatiek. Het leidt soms tot geruzie, dat ze echter onmiddellijk weer goedmaken.

"We hebben al veel te veel ruzie gehad en tegen elkaar ge-snauwd," neemt May dan meestal het initiatief. Natuurlijk heeft May zo nu en dan avonddienst. Herbert betrapt zich er dan op dat hij zich verveelt. Hij pakt dan een wiskundeboek. Dat hij dan eigenlijk aan het werk is, vertelt hij niet omdat hij bang is dat May zich weer verslingert aan onderzoek en dat ook gaat doen als ze vrij is. Hij heeft best reden voor die zorg, want steeds vaker praat ze over onderzoek dat ze in het ziekenhuis doen en vertelt daarbij dat ze daarbij geregeld praatpaal voor Demi is. Hoewel hij zelf weinig sociaal is, zoals veel schakers, bedenkt Herbert dat ze minder op zichzelf moeten zijn. Hij nodigt dan een collega uit. Vaak houdt May zich dan nogal afzijdig. "Dat gedoe over computers en wiskunde," verzucht ze dan. Buiten het ziekenhuis heeft May weinig contacten met collega's. Daarom dringt Herbert erop aan Demi en haar man te eten te vragen. En dat is elke keer weer heel gezellig, vindt ook May, die dan loskomt door de verhalen die Demi's man heeft uit zijn baan als leraar economie. Als ze worden uitgenodigd bij vrienden op bezoek te gaan, is May meestal terughoudend: 'Ik ben moe, liever niet.'

"Sanne? Moeten we haar niet weer eens uitnodigen?" vraagt Herbert. "We hadden zoveel contact, het was zo'n fijne vriend-schap en nu zien we haar nooit meer. Ik vind het gek en mis haar gewoon."

"Ja, zeker die zoenen op je mond!"

May schrikt van haar opmerking, wordt rood en vliegt op Herbert af.

"O, wat vreselijk dat ik dat zeg. Vroeger had ik ook wel van die nare opmerkingen. Het spijt me, Herbert, kun je me vergeven?"

Hoewel het Herbert toch wel steekt, maakt hij zich er met een grap van af.

"Ah, mijn vrouwtje is jaloers, Maak het maar gauw goed met een kus op mijn mond. Graag met hartstocht!"

Het gaat eigenlijk heel goed met ze, maar toch heeft Herbert het gevoel dat er iets ontbreekt, al weet hij niet wat. Hij beseft wat het kan zijn als een collegaatje van hem vertelt dat ze in ver-wachting is. Een kind? Herbert had eigenlijk nooit aan kinderen gedacht. Henriette en hij waren er toen absoluut niet aan toe. En in zijn relatie met May was er ook nooit ruimte. Ze hadden er zelfs nooit over gepraat. Herbert weet ook nu niet wat hij van kinderen vindt. Maar ze raken nu op een leeftijd dat het nu moet of nooit. Hij wist niet wat May ervan vond. Mogelijk wilde ze wel, maar wilde er niet over beginnen omdat ze dacht dat het vaderschap niets voor hem zou zijn. Dat te denken zou echt iets voor haar zijn!

Ze liggen in bed. Herbert pakt Mays hand.

"Zeg liefste, we hebben het er nooit over gehad, maar, lieve May, heb jij weleens aan een kind gedacht?"

Oaxaca

"Weet je waaraan ik denk, Herbert?"

"Nou?"

"Aan die nacht dat je vroeg hoe ik dacht over het krijgen van een kind. De vraag overviel me, omdat ik daar nooit over had nagedacht. Nadat ik hersteld was verklaard van die leukemie, dacht ik alleen maar aan overleven. Het kwam toen nooit bij mij op dat ik een kind zou voortbrengen. En ook toen wij getrouwd waren, en in een rustig vaarwater zaten, kwam het niet bij mij op dat wij een gezinnetje konden vormen. Gek, he, gek voor een vrouw. Vind je niet?"

"Dat kan ik als man niet invoelen."

"Toen reageerde je heel lief en begrijpend op mijn verrassing over jouw vraag of ik wel een kind zou willen. Je zei dat je je heel goed kon voorstellen dat ik daar nooit aan was toegekomen. Ook zei je te begrijpen dat ik bang was een kind op de wereld te zetten, dat net als ik zo ziek zou kunnen worden en ook zo zou moeten worstelen om te overleven."

"Ja, dat weet ik nog best. Ik was natuurlijk ook niet toe aan kinderen. Misschien wat onnozel. Alleen dat bericht van mijn collegaatje, dat had mij die mogelijkheid laten zien."

"Jouw vraag bleef bij mij hangen. En langzaam maar zeker drong het tot mij door: 'waarom niet'."

"Ja, en nu hebben we onze Fleur en zijn we enorm gelukkig met haar. Is zij ook gelukkig? En wat staat haar in haar leven nog te wachten? Ligt zij over veertig jaar ook naast haar man in een soort Oaxaca te denken hoe haar leven is gelopen?"

"Je weet nooit wat het leven je zal brengen. Gelukkig maar, vind ik. Zullen we nu maar gaan slapen en dromen over toen, toen het zaad van ons gezinnetje werd gelegd?"

Hoofdstuk 5

May komt niet terug op de vraag of ze een kind zou willen hebben. Ze is er wel erg mee bezig, maar praat er niet over. Niet met Herbert, maar ook niet met vriendin en collega Demi. Ongemerkt kijkt ze naar Demi hoe die het redt met haar kind naast haar drukke baan. Maar ze vraagt haar niet hoe ze dat doet.

Herbert zegt er, volkomen in zijn nogal geremde aard, ook niets over. Hij vraagt zich wel af of May zich met die vraag bezighoudt, maar vraagt haar niet of dat het geval is.

Zo gaat hun leven rustig verder. Beiden worden afgeleid door hun drukke baan, en bij beiden, weinig initiatiefvol, blijft het krijgen van een kind rusten.

Herbert geniet van het lesgeven op de avondschool. De meeste lesstof is gesneden koek voor hem. Enkele typisch economische onderwerpen, zoals tijdreeksen en indexcijfers, moet hij zich aanleren. Wat hem met zijn kennis van en inzicht in de statistiek geen enkele moeite kost. En natuurlijk moet hij zich de gebruikte lesmethode eigen maken. Het frontale lesgeven is wel wennen. De cursussen die hij op het rekencentrum geeft, zijn veel meer interactief en gericht op het maken van opdrachten. De leerlingen zijn ook anders. Die zoeken ook gezelligheid in het op de lesavond bij elkaar zijn. Even bijkletsen. Om de aandacht te krijgen, moet hij zo nu en dan roepen dat hij er ook is. Behalve het lesgeven moet Herbert natuurlijk ook typisch schoolse taken uitvoeren: docentenvergadering, surveilleren bij tentamens en in overleg met een collega tentamens opstellen, en ze nakijken en cijfers geven. Hij is verrast als hij een leerling krijgt die zijn cijfer aanvecht. Gelukkig weet hij de jongedame te overtuigen dat hij gelijk heeft. Al met al is het werk op de school heel anders dan in de wetenschappelijke omgeving van het rekencentrum. Maar dat bevalt hem prima,

In de IT (informatietechnologie), zoals zijn werkterrein nu wordt genoemd, verandert er veel. De microcomputer doet zijn intrede. Dat betekent geleidelijk aan een enorme verandering in de werkwijze. Natuurlijk wordt Herbert nog steeds gevraagd om statistische adviezen. En ook verricht hij nog rekenwerk voor klanten en wordt hij ingeschakeld als een klant roept: 'Hij (het programma) doet het niet.' Maar steeds vaker komt een klant om een statistisch advies, volgt een cursus en voert de berekeningen zelf uit op zijn eigen werkplek, met zijn eigen computer. Herbert is niet gelukkig met deze ontwikkeling, want hij is bang dat, door gebrek aan kennis, de statistiek fout wordt gebruikt. Maar zo'n computertje op je bureau is ook wel erg gemakkelijk. Je zoekt aan je eigen bureau informatie op het internet, je mailt zelf en je schrijft je teksten zelf. Als het om officiële stukken gaat, werkt het secretariaat het verder af.

Herbert vertelt er over aan May.

"Het is enorm handig, zo'n privécomputer. Ook voor jou als je een artikel moet schrijven of eens wat moet opzoeken. Je hoeft dan niet naar een bibliotheek, maar kunt alles zelf doen. Gewoon hier thuis!"

"Ja, dat zal best. Onze bibliothecaris en ons secretariaat doen nu dat soort dingen voor me. Of een coassistent. Die zijn er ook nog eens handiger in dan ik. Dus wat moet ik met zo'n ding?"

"Maar toch: wij een eigen computer. Wat vind jij daarvan?"

"Je doet maar, maar ik zal het ding niet aanraken. Van mijn leven niet!"

Herbert wil best rekening houden met May, maar door enthousiaste verhalen van collega's besloot hij toch een microcomputer aan te schaffen. Hij demonstreert het apparaat aan May, maar die blijft sceptisch.

"Moet je eens kijken, ik kan ook met het ding schaken. Hij is dan wel niet van mijn niveau, maar het is toch leuk. En je hoeft geen tegenstander te zoeken."

"Wat is er erger dan twee mannetjes die achter een schaakbord stommetje spelen? Een man die met een computer schaakt! Waar gaat dat heen? Kom, laten we gezellig samen scrabbelen."

Herbert pakt het scrabblespel en ze beginnen te spelen. Meestal wint Herbert, maar dit keer komt May ver voor te staan.

"Ha, ha, je gaat verliezen, mannetje."

"Ja, jij hebt ook van die dure letters en kan er dan ook nog een woord van maken en aansluiten. Maar wacht maar, ik kom wel terug."

"Wat denk je verschrikkelijk lang na. Moet ik intussen maar een boek lezen, of komt het er nog van, Herbert?"

Herbert aarzelt duidelijk, maar legt dan het woord BABY neer."

Hij ziet de schrikreactie bij May.

"Het spijt me. Ik weet dat het een teer woord voor jou, voor ons, is. Maar ik kan niet anders en wil toch ook winnen."

"Ja, we hadden er over moeten praten. Maar ik blijf maar twijfelen of ik een kind wil, egoïstisch he, dat ik jou niet vraag wat jij wil. Ik ben bang, bang dat het kind net als ik ziek wordt en we het zullen verliezen. Dan denk ik aan mijn ouders die, toen ze hoorden dat ik leukemie had, het meteen opgaven, overtuigd waren dat ik dood zou gaan. Ik kan dat niet aan, Herbert."

"Maar het kan toch goed gaan, lieve May. Bij jou is het toch ook goed gekomen."

"Ja, uiteindelijk. Maar wat hebben we moeten leven met: het gaat goed en het gaat mis, die afwisseling van hoop en wanhoop. Die wanhopige onzekerheid. Maar ook toen ik uiteindelijk toch in remissie kwam en het goed zou komen, heb ik zo hard moeten vechten. Dat weet je. Je hebt mee moeten lijden. Moet ons kind dat ook doorstaan?"

"O May, maar het hoeft toch niet zo te gaan. Ons kind kan, en zal, een gezond en voorspoedig leven hebben. Met jou is het toch ook goed gekomen. Je hebt je gevecht gewonnen en kwam er o, zo sterk uit. Het gaat nu fijn. Toch?"

"Ja, ik heb het fijn, zeker, met jou. Maar ik wil die voorge-schiedenis niemand aandoen. Zeker niet een kind van ons. Ja, mijn leven nu is zeker alle moeite en verdriet waard. Maar toch."

May begon hartstochtelijk te huilen. Herbert neemt haar in zijn armen.

"Stil maar, lieve May. Als je het niet aankunt, dan doen we het niet. We kunnen ook met zijn tweetjes volkomen gelukkig zijn."

"Ja, dat kunnen we. Zeker. Eigenlijk wil ik ook wel een kind, als ik zie hoe Demi met haar dochtertje omgaat en hoe leuk hun gezin is. Ik moet niet bang zijn. Je hebt gelijk, groot gelijk. Zullen we proberen een kind te krijgen? Nu meteen?"

"Ja, dat doen we, mijn lieve, dappere May."

Oaxaca

Ze slapen lekker uit en worden gewekt door de zon die in hun kamer schijnt.

"Goh, wat heb ik geslapen. Wat gaan we vandaag doen, Herbert?"

"Eerst langzaam opstaan. Dat hebben we wel verdiend, zeker na die drukke en hectische tijd die we hadden. Dan gaan we onder de douche.

"Gezellig samen?"

"Dat doen we. Net als toen we jong waren en elkaars lichaam wilden verkennen."

"En nu zijn we oud ..."

"Maar jij bent nog even aantrekkelijk hoor, lieve May."

"De douche, en dan?"

"Dan gaan we ontbijten, heel lang en heel lekker. En we kijken in de folders wat er in de buurt is te beleven."

"Goed plan, dat doen we." En May zwaait het bed uit.

"Eerst maar even die stomme medicijnen innemen. Ik zou als dokter toch beter moeten beseffen wat ik mijn klantjes aandoe."

Ze ontbijten in de prachtige tuin van het hotel. Lekker in het zonnetje. Uitgebreid bedienen ze zich van de typisch Mexicaanse lekkernijen. Ze worden daarbij vriendelijk bediend door een Mexicaanse kelner die, als zoveel van zijn landgenoten, tamelijk moeizaam Engels spreekt.

"Wat zitten we hier toch heerlijk," zegt May verzaligd, "dit kan ik wel uren volhouden."

"Nou, als je te moe bent om op stap te gaan, dan blijven we toch hier."

"Niks daarvan. We gaan op stap. Ik wil dit verblijf in Oaxaca volledig gebruiken om onze ervaringen van toen nog een keer te beleven."

"Oké, maar pas op jezelf, forceer je niet."

"Wat heeft het nog voor zin om op mezelf te passen. Ik ga alle tijd die we nog hebben benutten. Zonder me in te houden!"

"Ja, we gaan genieten, mijn liefste."

"Ik heb een voorstel. We gaan naar de markt en gaan daar allemaal van die typisch Mexicaanse snuisteren kopen. En voor Fleur kopen we een zilveren armband, zo een die ze, denk ik, alleen maar in de zilverstad Taxco maken."

"Een prachtig idee! Dat heeft ze wel verdiend, zo alleen achtergelaten. Ik zal nooit die nacht vergeten, waarin we besloten wel een kind te willen hebben. En nu in de benen, dame."

Een belangrijk deel van het leven in Mexico speelt zich af op de markt. Het is een heel levendig, kleurrijk gebeuren met veel muziek, vooral gespeeld door talrijke mariachi-orkestjes. Er zijn wel winkels, maar die zijn meestal klein en gespecialiseerd. Bijvoorbeeld voor kleding, schoeisel, sieraden. En natuurlijk kun je de sombrero in allerlei soorten en maten krijgen. Herbert biedt May er een aan, maar die bedankt er lachend voor.

"Ik loop voor gek, niks daarvan."

Er worden opvallend veel schaakspelen aangeboden, allemaal heel sierlijk. Been, hout, zilver, steen, de keus is enorm. Herbert geniet ervan en wil er best een kopen. Hij doet het toch maar niet, want dan zou hij het spul de rest van hun verblijf moeten meeslepen. Ook kun je op de markt terecht om iets te eten of te drinken. May en Herbert vinden dat echter gevaarlijk. In de hotels wordt er ook op aangedrongen geen water uit de kraan te drinken. Ze nemen dan ook alleen maar drankjes uit blik of een gesloten fles. Aan de lekkere, hartige tortilla's wagen ze zich helemaal niet.

Er zijn nogal wat stalletjes waar sieraden worden verkocht. Ze lopen er eerst maar eens langs om te kijken welke er schoon en netjes uitzien. Ze kiezen er een uit en worden overweldigd door het aanbod zilveren armbanden, kettingen en ringen. Na veel wikken en wegen, vinden ze een prachtige, zware armband, waarin Azteekse afbeeldingen zijn gegrafeerd. Ze vragen naar de prijs en dan begint het afdingen. Herbert begint met de helft te bieden. Na wat heen en weer bieden, komen ze een prijs overeen die ze schappelijk vinden.

"En reken maar dat de man hieraan nog best goed heeft verdiend," merkt Herbert op.

"Ja, dat zal best, maar mooi is hij. En daar gaat het om. Fleur zal er heel blij mee zijn. En nu ben ik moe van dat geslenter. Zullen we een taxi naar het hotel nemen?"

Ze drinken in de tuin van het hotel een koud drankje en eten daarbij wat Mexicaanse hapjes.

"Je ziet er moe uit, May. We moeten maar vroeg eten, hier in het hotel. En dan op tijd naar bed."

"Ja, dat is een goed idee. Ik heb toch wel moeite met een wat drukke dag als vandaag. Maar ik geniet er wel heel erg van."

Hoofdstuk 6

"Een kind. We gaan een kind krijgen. Als het tenminste lukt," sombert May als zo vaak pessimistisch, ook al overheerst ook bij haar het juichende gevoel dat de beslissing is gevallen. Herbert is er veel minder mee bezig, hoewel hij ook blij is, vooral omdat ze het uiteindelijk heel harmonieus hadden beslist. Ze doen hun best, maar na een maand: gewoon ongesteld. En dat is ook zo na maand twee, en na maand drie. En dan – ze hadden de hoop al opgegeven – blijft de menstruatie uit. May voert een test uit en ja hoor: ze is zwanger. Herbert en May zijn dolgelukkig, maar houden het nieuws nog wel voor zich. Nog maar even afwachten of alles goed gaat. De ouders zijn heel blij als ze het vertellen. Maar voor die tijd had May het nieuws al aan vriendin en collega Demi toevertrouwd. Die was helemaal ontroerd door het bericht.

"O, wat fijn. Je ziekte overwonnen, dokter geworden, gepromoveerd longspecialist, een geweldige man. Steeds maar knokken. Alles komt nu goed. Ik ben zo blij voor jou, voor jullie."

Herbert vertelt het niet op het rekencentrum. Daarvoor is hij gewoon te beschroomd. "Ze krijgen wel een kaartje." Maar intussen denkt hij er wel vaak aan: een zoon of een dochter? Hij heeft geen voorkeur.

"Wat wil je het liefste, May: een meisje of een jongen?"

"Het maakt mij niets uit. Als het maar gezond is."

Als Herbert in de stad toevallig zijn ex Henriette tegenkomt, kan hij het niet laten haar te vertellen van het kind. Henriette reageert fantastisch en omhelst hem hartelijk.

"Wat fijn voor jullie. May is vast een fantastische moeder en jij een prima vader. Heel mooi, een kind. Wij samen waren toen bepaald niet toe aan kinderen. Mijn huidige relatie en ik hebben besloten geen kind te willen. Met zijn tweetjes hebben we het goed en dat willen we zo houden."

Het wordt een drukke, maar erg leuke tijd voor Herbert en May. Het huis moet worden ingericht op de baby. De werkkamer wordt opgeofferd. Herbert plakt een nieuw behang, het houtwerk wordt geschilderd en ze leggen een nieuwe vloerbedekking. Hij is niet erg handig in dit soort dingen, maar krijgt het uiteindelijk netjes voor elkaar. May houdt zich intussen bezig met de babyuitzet. Ze krijgt daarbij goede raad van Demi en van haar moeder.

"Het duurt nog even, maar denk je eraan dat je straks positiekleding nodig hebt?" kondigen die aan.

"Goh, ik in een positiejurk. Ik moet er niet aan denken, maar het zal wel moeten. Ook geen gezicht voor mijn patiënten!"

"Nou je zult ervaren dat je je best goed voelt met je positiejurk, kan ik je vertellen," zegt Demi.

Alle controles zijn goed en May merkt dat ze al een echt buikje krijgt. De verloskundige weet natuurlijk al gauw welk geslacht het is, maar May en Herbert willen dat niet weten. Het wordt tijd een wieg, een kinderwagen en een wandelwagentje uit te zoeken. En een box. Dat lukt heel vlot, omdat Herbert alles best vindt.

"En we moeten een knuffel voor hem of haar uitzoeken. Een knuffel van mama en papa. Goh, wat klinkt dat hé, papa Herbert."

"En geboortekaartjes! Iets klassieks, met een roze of blauw strikje," stelt Herbert voor.

Maar May wil liever wat moderns, een tekening, iets vrolijks, met ballonnen, vlaggetjes en zo. Zij krijgt haar zin en zegt dat ze zelf wel een ontwerp zal maken.

"Ik hoorde nu iets geks," zegt May als ze enigszins opgewonden thuiskomt van haar werk.

"Nou, vertel!"

"Sanne is weg!"

"Sanne weg? Hoe zo: weg?"

"Weg uit het ziekenhuis, zomaar, zo ineens. Ik hoorde het vanmorgen heel toevallig van een verpleegster van nefrologie. Niemand wist wat toen ze aan de koffie vertelde dat dit haar laatste dag in het ziekenhuis was. Iedereen natuurlijk hevig verbaasd. 'Laatste dag? Je maakt een grapje, vertel!'; 'Nee, het is geen grapje,' zei Sanne. 'Ik heb ontslag genomen'. Men wilde natuurlijk weten waarom ze wegging. Of ze niet meer gelukkig was op de afdeling. Dat was niet zo, verzekerde Sanne. 'Ik wil gewoon eens wat anders, een andere omgeving. Ik heb Groningen nu wel gezien.' Op de vraag wat ze ging doen, vertelde Sanne dat ze in een ziekenhuis in Haarlem ging werken, ook als nefroloog. Ze wenste, tot verontwaardiging van de afdeling, geen afscheid. Ze gaf iedereen een hand en weg was ze."

"Nou, wat idioot," reageert Herbert. "Ik was al verbaasd dat we nooit meer iets van haar hoorden en kreeg het gevoel dat wij iets verkeerds hadden gedaan. Ze moet toch hebben gehoord dat jij in verwachting bent. En met de warme vriendschap tussen ons zou je toch verwachten dat ze daar iets over zou zeggen. En nu dit!"

"Ja, bizar. Zou ze ook niet van ons afscheid komen nemen?" vraagt May zich af.

"Ik ben bang van niet. Tenslotte heeft ze zo lang niets van zich laten horen."

"Dit kan toch niet zo. Zullen we haar nu gewoon bellen?"

"Ja, misschien moeten we dat gewoon maar doen. Maar ik heb weinig hoop dat ze ons meer zal vertellen," zegt Herbert.

"Jij kent haar het beste, dus moet jij maar bellen," stelt May voor.

Herbert aarzelt, maar belt toch maar.

"Met Sanne."

"Ja, Sanne, met Herbert ..."

"O, sorry, ik heb geen tijd." En Sanne hangt meteen op.

Oaxaca

"Straks gaan we gezellig Fleur bellen. Ik verlang er zo naar haar stem te horen," zei May.

"Ja, nu wel. Maar weet je nog de eerste weken dat ze er was. Wat zette die meid een keel op. En bij voorkeur 's nachts."

"Ja, zoals alle jonge ouders, hadden wij het er behoorlijk zwaar mee. Een constant slaapgebrek. Maar we waren o, zo, gelukkig met onze Fleur Amber. Het doet me ook weer denken aan die vreemde geschiedenis met Sanne. Wat was dat toch raar, zomaar verdwenen, zonder afscheid. Niet van het ziekenhuis en niet van ons. En we hadden zo'n intensief contact met haar, zo warm, vooral zij met jou. Althans er was contact tot enige maanden voordat ze verdween. Jij hebt nog een onderzoek gedaan naar haar. Vertel dat nog eens. Misschien begrijpen we het nu, zoveel later, hier op afstand. Ik moet het toch nog begrijpen, het laat me niet los."

"Ja, wat een bizarre geschiedenis, die ons nooit heeft los kunnen laten en pijn is blijven doen. Sanne is een geweldige meid en we hebben zoveel steun van haar gekregen toen wij het zo moeilijk hadden. Waarom toch? Waarom heeft ze er toen een streep onder gezet, zonder er over te praten en zonder enige aanwijzing? En voor zover ik kan bedenken, was er ook geen aanleiding. Tot jouw promotie hadden we zo'n warm en intensief contact. Omdat ze geen familie meer had en ze ook haar collega's niets heeft gezegd, konden we niemand vragen naar de reden."

"Ja, akelig, maar vertel nog eens wat jij er nog aan hebt gedaan om haar te vinden. Misschien zien we nu toch nog licht in die geschiedenis: het geheim van Sanne!"

"Nou, wat heb ik gedaan? Een hele tijd waren we totaal niet met Sanne bezig, omdat we het te druk hadden met onze Fleur. Eerst natuurlijk jouw zwangerschap, dan de geboorte en toen het opgroeien, wat al onze aandacht vroeg. Tot, volkomen toevallig,

36

ik op het Centraal Station Amsterdam Sanne in de verte in de menigte zag. Althans, ik was overtuigd dat zij het was, haar uiterlijk, haar manier van lopen; ze moest het zijn. Ik naar haar toe. Maar het was zo druk op het perron dat ze weg was toen ik op de plaats kwam waar ik haar had gezien. Ik ben nog naar buiten gerend. Te laat, ze stapte net in een tram die meteen wegreed. Maar het liet me niet zo los en die middag nog heb ik naar het Haarlemse ziekenhuis gebeld, waar ze zou zijn gaan werken. Daar was ze niet bekend, zeiden ze, maar je kunt je wel voorstellen dat ze zo tegen een onbekende deden: niet praten over hun personeel. Het telefoonboek van Haarlem vermeldde haar ook niet. Ik gaf het maar op, tot ..."

"Je maakt het wel spannend. Ik heb het verhaal wel eerder gehoord, maar zoals jij het nu vertelt, begint de geschiedenis weer helemaal te leven."

"Tot ... ik weer eens in Haarlem was om mijn ouders te bezoeken. Ik liep met mijn moeder over de Grote Markt en ... ik zag Sanne langs fietsen. Ze keek in mijn richting, maar draaide haar hoofd schielijk om en was meteen weer verdwenen. Ze moet het zijn geweest, ik kan me niet vergissen. En ze moet me hebben gezien. Ze leefde dus nog en wel in Haarlem of die omgeving. Het inspireerde me nu echt de speurhond uit te hangen. Weer vergeefs het telefoonboek geraadpleegd. Toevallig kwam ik, toen ik daarna weer in Haarlem was, een oude schoolvriend tegen. Ik vroeg hem – je weet maar nooit – of hij Sanne kende. Op zijn vraag naar details, vertelde ik dat ze arts was en vermoedelijk in het ziekenhuis werkte en ik beschreef hoe ze er uitzag. Daarbij liet ik een foto van haar van vroeger zien. 'Die komt me bekend voor. Dat lijkt in ieder geval op een vrouw die ik langs de lijn van de Koninklijke HFC bij wedstrijden van mijn zoontje een jongen, de spits, nadrukkelijk heb horen aanmoedigen. En die bij een blessure optrad met het air van een arts. Maar ik weet verder niets van haar, ook niet waar ze woont. Die vrouw is altijd alleen, nooit staat er een man dat jochie aan te moedigen. Mijn zoon speelt in een hoger elftal en kent dat joch niet, voor zover ik weet.' Dat nieuws klonk hoopgevend, maar hoe verder? Om nou naar Haarlem te gaan, speciaal om een wedstrijd van junioren te bekijken in de hoop dat Sanne langs de lijn zou staan … Ik had verder geen plan en zo gingen er weer jaren voorbij. Tot onlangs, tot … Jij had dienst in het ziekenhuis en ik zag op de televisie een item over nierfalen. En daar zat Sanne als deskundige in dat praatprogramma! Ook de omroep wilde desgevraagd niets over haar kwijt en dus zat mijn onderzoek weer vast. En dat is ook nu de situatie."

"Ja, ik zou ook niet weten hoe het verder moet. Het ziet er naar uit dat ze een zoontje heeft, maar dat zegt niet zoveel over haar situatie. Is ze getrouwd? Of gescheiden? Daar is helemaal niets van te zeggen."

"Tja, het zij zo."

"Nou, je hebt in ieder geval je best gedaan. Ik ben bang dat we Sanne nooit meer zullen zien. En we zullen nooit te weten komen waarom ze toen uit ons leven is verdwenen. En dat knaagt best aan me. Maar we zullen daarmee moeten leven, vrees ik."

Hoofdstuk 7

De zwangerschap. Ze wachten gespannen op de komst van de baby. Ze moeten nog een naam bedenken. Herbert voelt veel voor een ouderwetse naam. Zoals Thomas of Charlotte. Maar May wil iets moderners, zoals Chantal of Lars.

"Iets fleurigs, moet het zijn," vindt ze. "Ach ja, waarom niet Fleur als het een meisje is of Floris voor een jongen? Mijn voorgevoel zegt overigens dat het een meisje is."

Die namen vindt Herbert ook prima. De zwangerschap verloopt voorspoedig. Natuurlijk is May in het begin behoorlijk misselijk, maar daarna heeft ze helemaal geen last meer. Al valt het werken met een dikke buik niet mee. Ook de verloskundige is bij elke controle tevreden en zo wachten ze in spanning tot het kind zich zal aankondigen. Op de datum dat May uitgerekend is, is het nog volkomen rustig. Het uitblijven maakt het wachten nog vervelender. En dan beginnen, toch nog onverwacht. de weeën. May maakt Herbert wakker en ze kleden zich snel aan. Dan is het weer wachten tot de ontsluiting zo ver is dat ze naar het ziekenhuis moeten. Herbert is aanwezig bij de bevalling die gelukkig voorspoedig en snel verloopt.

"Een meisje," zegt de verloskundige enthousiast en drukt het kind in Mays armen.

"Welkom, Fleur," zegt Herbert opgetogen en opgelucht dat alles goed is gegaan.

Dan breekt er natuurlijk voor de jonge ouders een drukke tijd aan. Ze krijgen veel aanloop. Natuurlijk heel snel de ouders, maar ook Demi komt al gauw Fleur bekijken. May en Herbert vinden het heel lief dat ook Henriette een leuk knuffeldier stuurt. Zelf komen vond ze blijkbaar toch te moeilijk. Als de drukte van alle bezoekjes voorbij is, begint het echte vader en moeder zijn. May geeft het kind borstvoeding. Fleur is een betrekkelijk rustige baby, maar doet toch een behoorlijke aanslag op de nachtrust.

Maar vooral genieten ze van de kleine. Ze komen steeds meer in een vast ritme. Herbert gaat gauw weer aan het werk en May begint na het zwangerschapsverlof ook weer in het ziekenhuis, eerst voor halve dagen. Voor de baby vinden ze een medische studente als oppas. Alles verloopt prima en al snel kan May weer volledig gaan werken. Met de kleine Fleur erbij is hun leven toch wezenlijk anders geworden. Van uitgaan komt vrijwel niets meer. En 's avonds zijn ze meestal te moe om meer te doen dan een boek lezen of televisie kijken.

Oaxaca

"Ja, ons leven met een baby. Wat werd alles toch heel anders," stelt May vast, "maar ook zo veel zinvoller, doordat we nu de verantwoordelijkheid voor een mensenkind droegen. Ik was erg gelukkig met die situatie."

"Ja, ik ook, al was het, vooral doordat je haar zelf voedde, vooral jouw kind. Maar ik deed mijn best een goede vader te zijn en me zoveel mogelijk met mijn gezin te bemoeien."

"En dat deed je prima. Ik had heel veel aan je. Al snel kon jij de luiers beter aanleggen dan ik!"

"Het rekencentrum legde meer beslag op mij door mij afdelingshoofd te maken. Dat betekende naast mijn werk op het vlak van de statistiek ook managen. Zaken voor de afdeling regelen, personeelszaken, functioneringsgesprekken, deelname aan de staf en dat soort zaken. Tot mijn verbazing vond ik het managen nog leuk ook. Maar klanten helpen met statistiek blijf ik het leukste vinden, het meest uitdagend. En het menselijke contact spreekt mij meer aan dan stukken lezen en schrijven. Of namens de afdeling een pasgeboren kind bezoeken. Ha, ha!"

Het lesgeven op de hogeschool geeft Herbert op, omdat dat nu te veel wordt. Hij werkt nu ook geregeld thuis en past dan meteen op Fleur. Dat gaat dan vooral om het schrijven van stukken. Hun eigen microcomputer, nu pc (personal computer) genoemd, komt daarbij goed van pas. May leert ook met een tekstverwerker om te gaan, en krijgt er zelfs plezier in. Ze begint ook te schrijven, een 'roman', verklaart ze. Ze wil er niet meer over vertellen dan dat haar eigen leven de basis van het verhaal zal vormen.

"Er is genoeg gebeurd in mijn leven om een boek te vullen. Hopelijk kan men daar ook iets van leren. En nu maar zien of ik kan schrijven ..."

"Vast wel," vindt Herbert. "Jouw leven is zeker heel leerzaam voor anderen. Hoe je door te blijven vechten je leukemie overwon en daarna een zware studie volbracht, is een voorbeeld voor mensen in een soortgelijke situatie."

"En een kind kreeg! Dat is toch ook een prestatie, vind ik."

"Ja dat is het zeker. Ga je zo naar haar bellen? Met het tijdverschil van zeven uur, is het nu wel een geschikt moment."

Fleur vindt het duidelijk fijn dat ze bellen. Alles ging goed. Ze redde zich prima zonder hen, verzekerde ze. 'Genieten jullie dus maar, daar in Mexico. Bedankt voor het kaartje, het ziet er indrukwekkend uit, daar op Monte Albán.'

"He, wat fijn haar stem te horen," vindt May. "Weet je, Herbert, weet je dat ik mezelf verbaas. Ik, die zo obsessief bezig was carrière te maken, ik ben nu een klassieke moeder, die zich voortdurend zorgen maakt over haar kind. En blij is haar stem te horen."

"Ja, en daar ben ik blij mee. We hebben het samen best moeilijk gehad. Maar ook hebben we het goed gehad, en hebben dat nog, dankzij jou, May, door jouw inzet om je te veranderen."

"Nee, Herbert, dankzij jou. Omdat jij mij toen niet het huis hebt uitgeschopt, toen ik zo mateloos onredelijk was, wat ik best had verdiend. En dat is allemaal toen in Oaxaca begonnen, in dit hotel, twee eenzame, verlegen mensen en een lege plaats aan een tafeltje."

"Ja, en daar zitten we dan weer. En ben ik gelukkig met jou, al is de aanleiding hier terug te komen akelig. Heb je je medicijnen al ingenomen?"

"Nee, nog niet. Ik heb er ook zo'n weerstand tegen. De dokter, hoor!"

"Ik pak ze wel voor je."

"Graag, die stomme medicijnen ook. Het is in ons leven heel lang voorspoedig gegaan. Geen serieuze ziekten, lekker werk en een prachtig kind. Maar toen ..."

"Laten we dat nu maar zitten. En denken aan al het fijns dat we samen hebben beleefd. Bijvoorbeeld vakanties. Ik denk aan die eerste vakantie met Fleur in Zandvoort. Dat was toch heel ontspannen."

"Ik zeg ja, maar toch ook niet volmondig ja door wat later gebeurde."

Hoofdstuk 8

Kleine Fleur doet het prima. May, en een enkele keer Herbert, bezoekt trouw met haar het consultatiebureau. En elke keer is de uitslag dat ze alles goed doet, gewicht, groei en dingen die een kind in de ontwikkelingsfase hoort te doen. Zoals: zich omdraaien, lachen, het eerste woordje: mammma, tandjes, gaan zitten, kruipen, staan, eerste stapje, rondlopen, overal aan zitten, kortom een modelkind. En ook de bekende kinderziekten ondergaat ze probleemloos.

"Wat doet ons kind het toch fantastisch," merkt Herbert op. "met alle ontwikkelingen zit ze in het hoogste percentiel. En ze ziet er zo schattig uit met die grote blauwe ogen en die blonde krulletjes. Gelukkig lijkt ze op haar moeder! Wat boffen wij met haar."

"Ja, het gaat goed, Herbert, perfect! Te perfect, wat me ook bang maakt. Ik heb zo'n pech gehad in mijn jeugd dat ik bang ben dat het niet goed kan gaan. Dat er iets akeligs op ons geluk moet volgen. Ik heb soms slapeloze nachten, zelfs nachtmerries als ik denk wat ons kind allemaal kan overkomen."

"Ja, ik merk wel dat je 's nachts soms erg onrustig bent, angstig overkomt. Maar als ik vraag wat er is, antwoord je altijd: 'Niks, alleen maar een akelige droom.' Praat er dan met mij over, alsjeblieft. Ook akelige dromen hoor je niet te hebben."

"Ja, meer praten, dat moet ik doen. Maar ik wil je niet met mijn angsten belasten. Toch, lieve Herbert, ik ben bang. Het gaat nu goed, maar kan dat zo blijven? Dan denk ik weer hoe wij werden overvallen door die leukemie."

"Toe, lieve May, het hoeft toch niet fout te gaan. Je denkt, om het technisch te stellen, aan *regression to the mean*, dus geluk neemt onherroepelijk weer af. Maar dat hoeft niet zo te zijn. Ons kind is voor het geluk geboren. Vast!"

"Ja, dat zal best, maar ik kan er niets aan doen dat ik bang ben. Mijn ouders hebben dat vast ook gedacht en toen kwam

die leukemie. En toen stortte mijn wereld en die van hen in. Ik
kan het niet helpen zo somber te denken. Help me."

"Je bent moe, May. Je maakt lange en intensieve dagen in
het ziekenhuis. En thuis heb je het druk met Fleur en het huishouden. Je ontwikkelt een enorm slaaptekort. Je moet er eens
uit. Je bent aan vakantie toe. Wanneer kun je dat opnemen?
Dan regel ik iets leuks."

May kan vakantie opnemen en Herbert vindt een huisje in
Zandvoort: *Zimmer frei'*.

"Geweldig," vindt May, "dan gaan we naar het strand. Ons
Fleurtje zal daar enorm van genieten, zo'n enorme zandbak. En
we kunnen eens naar jouw ouders in Overveen, waar we al zo lang
niet meer zijn geweest. Ook voor Fleur is het goed haar opa en oma
wat meer te zien. Ik geniet al bij voorbaat van zon, zand en zee."

De auto wordt volgeladen, vooral met veel spullen voor het
kind. En ze gaan op weg naar Zandvoort. Het huisje is nogal
klein, heeft wat minder gerief dan hun eigen flat, maar ze zijn
buiten en ze kunnen de zee horen ruizen en de zeelucht opsnui-
ven. Heerlijk rustgevend.

Als alles is ingericht, nemen ze het wandelwagentje en gaan
het dorp in om boodschappen te doen. En vooral ook om de omgeving te verkennen. Herbert is in de omgeving opgegroeid, dus
kent hij het wel. Maar voor May is het een onbekende omgeving.
Ze vinden een supermarkt en slaan een voorraad in. En natuurlijk eten ze een ijsje in de beroemde ijssalon in de Kerkstraat.

De volgende dag staan ze vroeg op en gaan richting strand.
Ze gaan naar het Bloemendaalse strand, omdat het daar minder
druk is dan vlak bij Zandvoort.

Fleur geniet van het spelen in het zand. Ze gaat aan de hand
van Herbert ook even de zee in. Dolle pret! May gaat nog wat
verder en zwemt een eind weg. Zo verloopt een ontspannen
dag aan zee.

Aan het eind van de middag gaan ze naar Overveen om te
eten bij de ouders van Herbert. Die zijn blij ze te zien en vooral
kleine Fleur die ze weinig zien door de grote afstand.

"En wat gaan jullie allemaal doen in jullie vakantie?" vraagt opa.

"Nou, we hebben weinig gepland. We laten ons leiden door wat we tegenkomen. In ieder geval herinneringen aan de omgeving van mijn jeugd ophalen. Misschien een dagje zeilen op de Mooie Nel. En een dagje Amsterdam doen. Ja, dat doe je als provinciaal! Maar vooral het strand," zegt Herbert.

"Zeg, Herbert, weet je dat jouw school zaterdag een reünie heeft?" vraagt opa verder.

"Nu je het zegt, ik had het gehoord, maar was het vergeten. Daar wil ik best heen. Kun je mij een dagje missen, May?"

"Natuurlijk moet je dat doen. Fleur en ik amuseren ons wel."

"Is het wat als jullie dan met mij een dagje uitgaan? Naar een speeltuin, Artis of zo," stelt oma voor.

"Dat lijkt me geweldig. Artis, prachtig. We gaan weleens naar de dierentuin in Emmen en daar geniet Fleur enorm van. Goed idee," vindt May.

Het is erg gezellig bij vader en moeder Smit. Maar omdat Fleur op tijd moet slapen, gaan ze vroeg terug naar hun huisje. De volgende dag is het zulk prachtig warm weer dat ze de hele dag op het strand blijven. Kleine Fleur geniet en May en Herbert komen met een boek in een strandstoel tot rust. Verder genieten ze van het levendige gedoe op het strand. 'Geef het door, eet vis van Floor' kunnen ze niet weerstaan. De volgende dag regent het en ze besluiten de omgeving te verkennen. Via de Zeeweg, komen ze langs het beroemde Bloemendaalse Kopje, dat bij sneeuw zo'n uitdagende afdaling biedt. Herbert vertelt hoe hij dat als jongen deed en daarbij zo nu en dan de bocht uit vloog. Via Santpoort gaan ze naar IJmuiden om de sluizen te zien en daar eten ze een visje. Daarna gaan ze nog via Heemstede richting de bollenvelden. En dan terug naar Zandvoort. Fleur gedraagt zich onderweg voorbeeldig, kijkt wat rond en slaapt vooral.

Ze nemen het aanbod van oma om op Fleur te passen aan en gaan een dagje zeilen.

"Weet je nog, toen we zeilden, dat je me zo schandalig hebt verleid?" vraagt May grijnzend.

"Ja zeg, of het mijn schuld was! Jij daagde mij uit door daar bijna naakt te liggen zonnen."

"En dat wilde je niet weerstaan en we deden het, en dat was eigenlijk best spannend, zo publiek."

"Iets om nu te herhalen," grijnst Herbert.

"Zeg toe nou, op onze leeftijd?" reageert May quasi-verontwaardigd.

"Een schoonheid als jij is nooit te oud om ..."

En ja hoor, ze doen het.

De reünie. Herbert gaat er met de bus en verder lopend heen. Onderweg komt hij al veel reünisten tegen, meestal uit andere jaren dan dat van hem, maar ook al snel een oud-klasgenoot, Wim. Ze begroeten elkaar enthousiast en halen meteen herinneringen op. Vooral ook vragen naar contacten die ze nog hadden na het examen. En dat blijft de sfeer van die dag. Hoe is het met jou? Wat doe je voor de kost? Ben je getrouwd en heb je kinderen? Zie je nog wel iemand uit onze tijd op school? Zo hoort Herbert een hoop over oude vrienden. Zelf heeft hij in het verre Groningen zelden iemand van vroeger ontmoet en hij heeft dan ook weinig te melden. Hij blaast even uit in een hoekje van de feestzaal en bekijkt het verdere programma. Na een tijdje voelt hij dat er iemand voor hem staat. Hij kijkt op.

"Rita," roept hij blij uit, "Rita, jij, wat ontzettend leuk dat ik jou zie. Ik ga je zoenen. Nu durf ik dat meteen, waar ik toen pas heel laat het lef voor had. Goh, Rita, je maakt me blij."

Ze omhelzen elkaar innig en zoenen.

"Herbert, ook ik ben enorm blij je hier te zien. Ik had gehoord dat je nog in Groningen zit en had weinig hoop je hier te treffen. Kom, we gaan bijkletsen!"

"Rita, laat me je bekijken. Je bent nog net zo mooi als toen ik, o, zo lang geleden, smoorverliefd op je was. Verliefd op jouw mooie bruine ogen en dat lange donkere haar in een staartje."

"Nou, eerst zag ik jou niet, het moest groeien. Vaag voelde ik wel dat je me aardig, of heel aardig, vond, maar dat je verliefd was, nee. Dat kwam pas na dat schoolfeest."

"Ja, ik was zo verlegen. Maar op afstand erg verliefd. Ik weet nog de eerste keer dat ik je aansprak. Ja, dat was op dat schoolfeest. Ik zie de feestzaal nog voor me. Versierd met slingers en ballonnen, meisjes in fleurige jurkjes, jongens in pak, blije gezichten. Jongens ouwehoerend aan de ene kant van de zaal, meisjes aan de andere kant, afwachtend of ze ten dans zouden worden gevraagd. De populaire meiden en de muurbloempjes op een rij. Ik keek naar je, ik wilde zo graag met je dansen. Ik aarzelde, maar als ik op het punt stond om naar je toe te gaan, was er steeds een jongen mij voor. En dan vroeg ik maar het meisje dat naast je stond. Toen, je was even uit de zaal geweest, toen begon het dixielandbandje *ice cream* te spelen. Ik rende naar je toe, boog keurig en vroeg je ten dans. En je zei ja. Het meisje waarop ik zo verliefd was, zei ja! En we dansten, keurig op afstand en zeiden alleen maar iets als dat het een leuk feest was en dat jij goed danste en dat vond je dan ook van mij. En vriend Paul, *cheek-to-cheek* dansend met zijn vriendin Annabel, grijnsde begrijpend naar me."

"Ja, ik herinner me dat feest en die dans nog best. Ik kende je nauwelijks, maar na een paar dansen – je claimde steeds ook de volgende dans – vroeg je of ik nog wat met jou wilde drinken."

"Wat moedig van me, he?"

"Ja, ik lachte je toe, vond het dansen met jou leuk."

"Wat met me drinken wilde je wel, ik haalde een drankje, vergat dat er ook anderen aan ons tafeltje zaten en praatte met jou. Alleen met jou. Ik vraag me af of je me niet opdringerig vond."

"Nee, helemaal niet. Je praatte zo gezellig. Natuurlijk over wie we kenden, of we overgingen, hoe ik het vond in het schoolhockey-elftal te spelen, dat jij schaakte en dat soort oppervlakkige dingen. En we dansten nog eens. En nog eens. En ik kwam niet los van je en vond dat ook helemaal niet vervelend."

"En toen liep het feest af. En ik vroeg, al blozend, of ik je thuis mocht brengen. Je dacht heel even na, maar het was snel: 'Ja, graag.'"

"En dat meende ik ook. Met dat stel waarmee ik dagelijks van en naar school fietste kon ik wel meegaan, maar ik was je zo aardig gaan vinden, dat ik liever met jou ging. Ook was ik een beetje nieuwsgierig naar je, wilde je wel wat beter leren kennen."

"Het was een heel eind naar Velsen, maar ik genoot van elke meter die je naast me fietste en gezellig tegen me kletste."

"En toen waren we bij mijn huis. Ik vroeg me af hoe je afscheid zou nemen."

"Dodelijk verlegen, stak ik mijn hand uit en mompelde schor: 'nou dag'. Maar jij, zoveel ervarener dan ik, zoende me op mijn wang, en toen ook, vluchtig, op mijn mond. Ik wist niet wat me overkwam: een zoen van een van de mooiste meisjes van de school!"

"Ja, die zoen was volkomen spontaan. Ik vond je leuk."

"Ik weet niet hoe ik thuis ben gekomen. Helemaal eufoor slingerde ik zingend over de weg.

"We hebben nooit een echte relatie gekregen. Maar we werden heel goede vrienden. We liepen in de pauzes samen, kletsend, ons broodje etend, we waren op feestjes bijna onafscheidelijk, we gingen naar de film, zoenden als we afscheid namen, op de mond, maar verder ging het niet."

"Ik werd al gauw ook verliefd op jou, maar nam verder geen initiatief er iets van te maken. Vrouwenemancipatie was nog ver weg!"

"Ja, ik ging ook niet verder. Slap, he. Terwijl we redelijk innig met elkaar omgingen, kon ik toch niet komen tot: 'Ik hou van je.'"

"En toen was er het eindexamen. Ik ging in Leiden psychologie studeren en jij wiskunde in Groningen. We zagen elkaar in de vakanties nog wel. We schreven weleens een brief. Maar het contact verwaterde, beiden in zo'n andere omgeving."

"En nu heb ik je hervonden, Rita. Ik moet bekennen dat ik daarmee totaal geen rekening had gehouden. Nu wil ik zo graag weten hoe het jou is vergaan. Ben je getrouwd? Heb je kinderen?"

"Ik ben ongetrouwd, en heb geen kinderen en ... Er is te veel gebeurd om even te vertellen. En ik wil ook alles van jou weten. Kunnen we niet een afspraak maken?"

"Ja, dat moeten we doen. May zal ..."

"May? Je vrouw?"

"Ja, mijn vrouw."

Oaxaca

"Ja, die vakantie in Zandvoort. Leuk aan het strand, leuke uitjes. Fleur genoot. Ze vond het heerlijk bij opa en oma en kreeg alles van ze gedaan. Ze werd echt verwend, wat te veel naar mijn idee, maar ik dacht: voor even moet dat kunnen. En wij genoten ook van het strand en van onze uitjes in de omgeving en in Amsterdam. En dat zeilen ... Toch eigenlijk te gek dat wij als jong-verliefden het zomaar in dat bootje deden. En daar was jouw schoolreünie. Dat was voor mij toch niet een onverdeeld feest. Ja, ik vond het leuk jullie verhalen over vroeger te horen. Maar ik voelde me ook buitengesloten. Rita en jij hadden mij niet nodig."

"Ja, dat had ik toen niet door, maar achteraf heb ik dat wel begrepen. Toen was ik zo in beslag genomen door Rita en onze herinneringen dat jij gewoon niet meetelde. Het spijt me nog steeds."

"Ja, ik was jaloers. Jaloers op die Rita en jaloers op jullie schooltijd. Ik heb dat gemist. De jaren op het gymnasium voordat ik ziek werd, waren best gezellig. Maar nadat ik beter was en verder ging op het atheneum, bleef ik een buitenstaander. Ik was zo'n vier jaar ouder dan mijn klasgenoten en had zoveel meer meegemaakt dat ik niet meer in de groep ben opgenomen. Leren, leren en nog eens leren, dat was mijn leven. Naar schoolfeestjes ging ik niet. Ik vond jullie verhaal over jullie eerste dans prachtig, maar het deed me ook pijn dat ik zoiets niet zelf heb beleefd. Erg he, die jaloezie. Maar laten we het daar maar niet meer over hebben. Jij hebt daar met mij genoeg ellende mee gehad. Sanne. En toen Rita."

"Ja, lieve May, Rita! Met haar ging ik terug naar mijn jonge jaren. Ik liet me helemaal gaan met haar. En niet alleen op die avond in ons huisje, daar in Zandvoort. Ja, het spijt me, ik liet me te veel meeslepen door jeugdherinneringen."

Hoofdstuk 9

Herbert komt helemaal enthousiast terug van de reünie. Hij kan nauwelijks wachten om daar over te vertellen. Maar eerst moet Fleur vertellen over Artis. Zoals de meeste kinderen, vond ze de aapjes het leukst. Maar ook vertelt ze hoe leuk het in de speeltuin was.

"En ik kreeg een ijsje van oma."

Maar ook oma had genoten van het stappen met haar kleindochter. May luistert geamuseerd toe. Herbert komt niet toe aan het vertellen van zijn belevenissen; ze moeten terug naar hun huisje, omdat Fleur nodig naar bed moet.

Onderweg vertelt Herbert al dat hij genoten heeft. Ze stoppen Fleur in bed en Herbert vertelt verder. Hij zit weer helemaal in zijn schooltijd.

"En toen kwam ik Rita tegen ..."

"Rita? Wie is Rita?"

"Op Rita was ik in de hogere klassen smoorverliefd. We hebben destijds gedanst. Daarna hadden we ook wel wat, maar het is nooit een echte relatie geworden."

"Gelukkig maar. Ik begon al jaloers te worden!"

"We hebben op de reünie veel gepraat. Vooral over onze schooltijd. Over onze verliefdheid, vooral die van mij trouwens die toch nooit tot een echte relatie is gekomen. Maar aan ons leven na de schooltijd zijn we niet toegekomen. Toch wil ik graag weten hoe het haar verder is vergaan. En daarom wil ik nog een afspraak met haar maken. We zijn nu toch in de buurt, dus zou het nu mooi kunnen. Vind je het goed dat ik haar vraag hier bij ons te komen?"

May is niet echt enthousiast over dit idee, omdat ze zo graag alleen met haar gezinnetje wil zijn. Maar omdat ze het Herbert gunt, vindt ze het toch goed.

Rita komt met de auto en neemt een bos gele rozen mee.

"Voor jou, May, omdat ik het zo leuk vind jou te leren kennen. Wie had dat gedacht toen ik zeventien was en ging –nou ja, ging?- met Herbert."

Ze gaan zitten. May maakt koffie en presenteert appeltaart.

"Gezellig," merkt Rita op. "Ik ken nu May en jullie dochtertje Fleur, maar ben ook erg benieuwd naar hoe het je verder is vergaan, Herbert. Er is ongetwijfeld heel veel gebeurd sinds we elkaar voor het laatst hebben gezien. Toch gauw zo'n vijfentwintig jaar geleden.

"Dat zal ik vertellen, natuurlijk, maar ik wil ook alles van jou weten. Jij moet maar beginnen, Rita."

"Ik schenk nog koffie en brandt dan maar los. Ik ben ook benieuwd naar het meisje waarop Herbert verliefd was. Hij was o, zo verlegen, denk ik."

"Ja, verschrikkelijk verlegen. Ik had veel meer ervaring dan Herbert, had al wat vriendjes gehad. Allemaal heel onschuldig, hoor. Onze generatie was natuurlijk erg onschuldig, met de liefde en zo. De jeugd van tegenwoordig is heel wat vrijer."

"May is natuurlijk ook benieuwd naar ons in onze schooltijd, maar mag ik zo egoïstisch zijn te vragen jouw verhaal te beginnen na het eindexamen? Want daar weet ik eigenlijk vrijwel niets van."

"Ja, dat is begrijpelijk. Doe dat maar zo, Rita," stemt May in.

"We waren dus beiden geslaagd. Voor Herbert, als knapste jongetje van de klas, sprak dat vanzelf, maar voor mij was het maar net goed gegaan. We hadden besloten naar verschillende universiteiten te gaan. Ik naar Leiden en jij naar het verre Groningen. We vonden het best naar, zo ver van elkaar, maar het was niet anders. Natuurlijk beloofden we elkaar trouw, zouden veel schrijven en als we een weekend beiden in de buurt zouden zijn, bij elkaar te komen. Nee, jullie weten wel hoe zo iets gaat, in het begin elke week een brief. Lang en vol verlangen naar elkaar. Met kusjes. En natuurlijk uitgebreid over ons nieuwe leven, dat natuurlijk een steeds grotere plaats innam. Zo nu en dan waren we een weekend bij elkaar. Dan waren we weer hevig verliefd en zoenden heftiger dan we ooit hadden gedaan. Maar het contact werd steeds oppervlakkiger. De brieven werden minder frequent en korter. Onze ontmoetingen werden minder warm."

"Zaten jullie daar mee?" vraagt May.

"Nee, we realiseerden dat ons helemaal niet, denk ik nu," antwoordt Rita, "en besefte jij dat, Herbert?"

"Nee, zeker niet. Ik was helemaal afgeleid door het studentenleven: een totaal andere manier van leren, het corps en natuurlijk het voor jezelf moeten zorgen. Bij jou ging het vast net zo. Vertel verder. Over Leiden."

En Rita gaat enthousiast verder. Herbert hangt aan haar lippen. May zit er stil bij. Ze luistert naar het verhaal, maar mengt zich niet in het gesprek. Net zoals indertijd als Herbert en Sanne met elkaar discussieerden. Ze voelt zich een buitenstaander. Zoals het haar zo vaak overkomt.

"Leiden. Ik genoot, werd lid van het corps, kreeg nieuwe vrienden, en liep braaf colleges. Heel plichtsgetrouw, ook al was het weleens laat geworden op de sociëteit. Op mijn kamer leefde ik marginaal, bemoeide me nauwelijks met het huishouden, at bijvoorbeeld op de mensa. En ik ging veel uit. Vooral naar de sociëteit, maar ook met vrienden de stad in, dansen of naar een kroeg. Ik was nog nooit in een echte kroeg geweest, maar vond het fascinerend, zo'n volkomen ander publiek dan ik gewend was."

"Ja, ik had ook een dergelijke ervaring met een milieu dat zo anders was dan wij in onze beschermde omgeving kenden. Vrienden? Ging het om meiden of waren er ook jongens?" vraagt Herbert.

"Ha, proef ik hier iets van jaloezie, achteraf? Ik zeg niks, blijf maar lekker nieuwsgierig en jaloers."

Rita vertelt hoe ze had genoten van haar Leidse studententijd. Naast de feestjes, was ze ook gaan roeien. Ze bleek talent te hebben en bracht het zelfs tot Nederlands kampioen in de vier zonder stuurman. Naast alle pret, studeerde ze ook flink en haalde goede resultaten.

"Al moet ik bekennen dat ik moeite had met statistiek, jouw vak."

"Had ik dat maar geweten, dan had ik je wel bijles gegeven."

"Jammer, te laat."

Rita studeert netjes op tijd af in de richting klinische psychologie. En dan moet ze natuurlijk een baan vinden. Ze kan een aanstelling krijgen bij de faculteit op een promotieplaats. Ze begint met goede moed, maar al gauw kan ze het monomaan theorieën uitpluizen niet meer opbrengen en zoekt en vindt een uitvoerende baan bij de jeugdzorg.

"En dat boeide me en dat doet het nog steeds. Ik doe dat werk namelijk nog steeds."

"Fijn dat je werk hebt dat je boeit. Dat heb ik ook. En dat geldt ook voor May. Hé, schat?"

Maar May hoort het niet, want die is bezig een huilende Fleur te troosten. 'Prima zo, ik sta toch buiten hun herinneringen,' realiseert ze zich.

"Zeg Rita, leuk om alles te horen over je studentenleven en over je loopbaan in de psychologie, maar ik ben enorm nieuwsgierig naar meer persoonlijke dingen. Vriendjes, relaties, en vooral: ongetrouwd, zei je, maar heb je een relatie op dit moment? Het valt me op dat je hier bent gekomen zonder te vragen of je iemand mee zou nemen. Hoe zit dat?"

"Ja, je hebt gelijk. Ik wilde mijn verhaal beperken tot gezellige dingen. Maar je hebt gelijk, we waren zulke vrienden dat we ook persoonlijke, intieme dingen kunnen en moeten uitwisselen. Er is geen man. Er was wel een man. Maar die is overleden. Kanker. Het went nooit, maar het heeft bij mij wel een plaats gekregen."

Herbert valt geschrokken stil. "Wat erg. Wil je er over praten?"

"Ja, ik wil daar best over praten. Met jou."

"Fijn dat je dat wil. Ik wil graag dat May er ook van hoort. Ik wil dit met haar delen. Ik vertel je later wel waarom dat belangrijk is. Ik vraag of ze al klaar is met Fleur."

Als May er bij is gekomen, en nadat Herbert een glaasje wijn heeft ingeschonken, vertelt Rita haar verhaal.

"Je wilt weten hoe het mij in de liefde is gegaan na onze o, zo, onschuldige relatie. Ik had het druk met van alles in Leiden. Ik dacht wel aan je, met warme gevoelens, maar je vervaagde steeds meer. Ik leerde zo veel jongens kennen, ook jongens die duidelijk wat in mij zagen. Ik ontmoette ze op de sociëteit, ik zag ze op college, ik werkte met ze samen bij Njord, de roeivereniging. En toen was er het eerstejaars corpsbal. En een medische student, afkomstig uit Rotterdam, vroeg mij. Een knappe jongen. Ik kende hem nauwelijks, maar hij leek mij wel aardig en ik had best zin in dat feest. Dus ik zei ja en kocht met hulp van mijn moeder een baljurk. Eigenlijk is het gek, vond ik achteraf, dat ik er geen moment aan had gedacht dat ik ook met jou naar dat feest had kunnen gaan. Meisjes konden namelijk ook uitnodigen. Maar misschien deed je dat in die tijd niet. Hij, Peter, haalde mij op, gaf me een corsage en we liepen naar de feestzaal. Het was gezellig, iedereen in feeststemming. Ik danste veel met Peter en met zijn vriendjes en ik dronk wijn, wat ik niet gewend was, te veel. – Ja, Herbert, deze wijn vind ik lekker en ik zeg geen nee tegen nog een glas. – Door de wijn werd ik steeds losser en het keurige dansen dat wij op dansles bij Martin hebben geleerd, ging over in *cheek-to-cheek*. En Peter zoende mij. Ik maak het kort. Ik was behoorlijk dronken toen hij mij thuisbracht en de zoen en het gefrunnik waren dan ook behoorlijk ongepast, zal ik maar zeggen. Na de kater schaamde ik me behoorlijk dat ik geen moment aan jou had gedacht. Het was wel het begin van verwijdering tussen ons. Nou, je hebt het bemerkt. Daarna zagen we elkaar bijna niet meer. En als we elkaar tegenkwamen was het: 'dag, dag, hoe is het? Nou tot ziens, he.' Ik vertel dit verhaal zo uitgebreid omdat het zo illustratief is voor schoolrelaties die ten onder gaan in het studentenleven. Daarna had ik nog wat scharreltjes, maar geen een werd serieus, totdat ik stage liep bij het academisch ziekenhuis. Daar was coassistent Paul en ik viel als een blok voor hem. We werkten samen en na een drukke dag gingen we eten bij de chinees. En we kletsten, wandelend in de lunchpauze, over van alles en nog wat. Ik werd steeds verliefder en toen hij mij vroeg om een dagje te zeilen, zei ik bijna juichend: ja. We zeilden, we zonden, we zwommen, en ..."

"Hou maar op, ik weet wat er verder gebeurde," valt May grijnzend in. "Alle mannen zijn gelijk. Toch?"

"Oké, dan laat ik het hierbij. Na dat dagje zeilen waren we bijna onafscheidelijk. En al gauw deelden we het bed. Dat smalle eenpersoonsbedje, je kent dat ook wel. Daarna ging het als gebruikelijk. Samenwonen, kennismaken met de ouders, trouwerij, bescheiden want geld hadden we niet. We hadden beiden een baan. Paul specialiseerde zich tot chirurg en ik ging verder in de jeugdzorg. We vonden een huis in Voorschoten. We hadden een druk leven. Druk met werk en ook met een sociaal leven. We waren gelukkig met een voorspoedig lopend bestaan. Kinderen konden we niet krijgen, maar dat vonden we niet erg, want we hadden genoeg aan elkaar. Paul rondde zijn opleiding af en ging als vaatchirurg werken in Den Haag. Ons leven kon niet stuk. Dachten we. Maar toen begon Paul te sukkelen, was gauw moe, kreeg hoofdpijnaanvallen. Zijn eerste reactie was: 'Ik heb het te druk, het gaat wel over.' Maar het ging niet over en ik dwong hem zich te laten onderzoeken. Hersentumor. We waren kapot. Er werd behandeld: bestraling, chemotherapie, een operatie. Paul ging alleen maar achteruit. We hebben er heel intens over gepraat, en gehuild: moeten we niet stoppen met de behandeling? Kunnen we niet beter ophouden met de ellende van de behandelingen en de geringe hoop dat het nog goed zou komen? Het werd euthanasie."

Herbert heeft Mays hand gepakt en zo zitten ze stil te luisteren naar het drama van Rita. Met tranen in hun ogen. En Herbert vertelt over de leukemie van May. Rita omhelst May innig en ze huilen samen.

"En hoe heb je het verwerkt?" vraagt Herbert.

"Door er intensief mee bezig te zijn, te werken, door dóór te leven. Ik ben best sterk, hoor. En nu kan ik het leven weer aan."

"En heb je daarna weer geluk gevonden? Een partner, misschien?" vraagt Herbert.

"Nee, wel wat vriendschappen, maar geen relatie. Dat wil ik ook zo. Ik wil wat dat betreft na Paul geen nieuw leven."

Herbert en May zijn stil, onder de indruk. Hij schenkt nog een glas wijn in.

"Kom. Ik ben blij dat ik mijn verhaal heb kunnen vertellen. Maar laat het ons niet somber maken. Proost! Ik vind het fijn deze avond bij jullie te zijn. Ik vind het fijn mijn oude liefde terug te zien. Goh, het is al bijna twaalf uur," merkt Rita verschrikt op, "ik hou jullie schandalig uit bed. En mezelf ook. Want morgen moet ik weer vroeg op om de psycholoog te spelen. Sorry, ik stap meteen op. De rest van jouw –en jullie- geschiedenis hoor ik later wel. Hoop ik. Ik vond het ontzettend gezellig en ben blij gehoord te hebben hoe het verder is gegaan met mijn kalverliefde. Nogmaals sorry, dat ik het zo laat heb gemaakt"

"Geeft niets, wij hebben vakantie. En ik vind het vreselijk leuk jou weer te hebben gezien. Ook heel fijn dat ik nu weet hoe jouw leven is gegaan en nu is. Gelukkig weer op orde, begrijp ik. Ik hoop dat we elkaar gauw weer zien. Maar nu laat ik je uit," zegt Herbert.

May geeft Rita een hand en zegt:

"Dag, leuk dat je er was."

Ten afscheid omhelzen Rita en Herbert elkaar innig en ze zoenen elkaar op de mond.

"Dat was zowel indrukwekkend als ontzettend leuk," zegt Herbert als hij weer binnenkomt. Maar May is al naar de slaapkamer vertrokken.

"Is er wat, May, waarom ben je meteen naar bed gegaan?"

May, met haar rug naar hem toe gericht snauwt: "Niks, er is niks."

"Ja, toe nou, ik ken je. Natuurlijk is er wat als je zo boos doet. Vertel! Ik moet het weten."

May snauwt nog een paar keer dat er niks is. Maar dan draait Herbert haar naar zich toe: "Nu!"

"Jullie zoenen elkaar op de mond. Net zoals je vroeger deed met Sanne."

Herbert zegt dat het niets betekent, net zoals het toen met Sanne niets betekende. Maar May blijft boos en hij geeft het maar op.

Zijn "Welterusten, schat," blijft onbeantwoord.

Oaxaca

"Die vakantie in Zandvoort was fijn, zeker. Fleur genoot van het strand en de verwennerij van opa en oma. En wij deden ook leuke dingen. Ik kwam inderdaad tot rust, wat de bedoeling van de vakantie was. En dan was er Rita, die avond dat ze bij ons op bezoek kwam. Je genoot van jullie jeugdherinneringen, zag ik wel. En je genoot van Rita. Je was weer helemaal weg van haar, jouw jeugdliefde, bleek wel. Toch?"

"Toe, zullen we het maar niet meer over Rita hebben? Die avond dat ze over haar leven vertelde, was toch fijn? Ook zo aangrijpend, die ziekte en het overlijden van haar Paul aan een hersentumor. Ik heb pas achteraf begrepen hoe aangrijpend haar verhaal voor jou moet zijn geweest. Omdat dat weer jouw schuldgevoel dat jij de kanker had overleefd en anderen niet, naar boven bracht. Dat gevoel heeft jou nooit losgelaten, terwijl jij daar toch niets aan kon doen. Alleen maar dankbaar zou moeten zijn."

"Ja, ik begrijp best hoe het zit, maar dat gevoel zit er nu eenmaal."

"Ja … Rita. Je kent elkaar jong en hebt dan geen idee hoe je leven verder gaat. En dat is maar goed ook, vind ik. Maar het is erg boeiend als je elkaar later, na een heel stuk leven te hebben geleefd, weer tegenkomt."

"Nou, tegenkomt? Dat druk je aardig onderkoeld uit!"

"Zullen we het daar maar niet meer over hebben, mijn liefste May?"

"Ja, je hebt gelijk: dat is verleden. Een stukje van ons verleden waar wij nu, hier in Oaxaca, met weemoed op terugkijken. Zeg, lieve Herbert, ik voel me goed en heb zin in een wandeling, samen, hand in hand, wat we toen in Mexico ook vaak deden."

"Dat doen we dan. Ik kijk in het gidsje en we nemen de bus naar een mooi plekje om te wandelen."

Hoofdstuk 10

De vakantie vliegt om. Ze gaan nog een dagje naar Amsterdam. Maar dat bevalt niet. Deze stad is toch heel wat groter, drukker en rommeliger dan het vertrouwde, provinciaale Groningen. Ze stellen vast dat ze blij zijn niet in de Randstad te wonen. Verder wandelen ze veel langs het strand. Ten afscheid eten ze uitgebreid Indisch bij opa en oma Smit.

Weer thuis hervat het gewone leven zich weer snel. Druk, druk, druk. Met werk vooral, maar ook Fleur vraagt veel aandacht. Die gaat inmiddels naar de basisschool en geniet daarvan. Het meisje is heel geïnteresseerd en blijkt intelligent te zijn. Ze vraagt veel aan haar ouders over van alles. Die moeten soms diep nadenken om de vraag te kunnen beantwoorden. Soms zelfs raadplegen ze daarvoor Google. De thuiscomputer wordt veel gebruikt. Ook door May, die aardig vordert met haar boek. Ondanks zijn aandringen, wil ze niet vertellen wat ze schrijft.

Op haar werk gaat alles prima. Ze wordt steeds meer ingeschakeld bij het opleiden van nieuwe medewerkers, wat ze erg leuk vindt. Het doen van onderzoek blijft wijselijk marginaal. Ze doet wat kleine onderzoekjes met Demi, maar valt niet terug in de bezetenheid bij haar promotieonderzoek.

Ook bij Herbert wordt zijn uitvoerende werk steeds meer vervangen door leidinggevende taken. Maar gelukkig blijft hij betrokken bij wetenschappelijk onderzoek. Zijn aandeel bij de statistiek ervan leidt tot mede-auteurschap bij publicaties. Een congres in Mexico vindt geen herhaling. Maar wel mag hij een lezing houden op een weekend-congres in Leiden. Zijn lezing is op zondag, maar omdat hij op zaterdag als sessievoorzitter moet optreden, moet hij in een hotel overnachten. Hij loopt in de Breestraat op zoek naar een eetgelegenheid en ... botst tegen Rita op.

"He, liep je te dromen en zag je me niet? Of wilde je me niet zien?" riep Rita uit.

Ze omhelzen elkaar blij.

"Wat doe jij hier, helemaal in Leiden?"

Herbert vertelt van het congres en dat hij op zoek is naar een eetgelegenheid.

"Nou, dat komt dan goed uit. Ik liep net te denken dat ik geen zin had in koken. Dus zullen we dan maar samen chinezen?"

Dat vindt Herbert een prachtig idee.

"Wat gezellig dat ik jou tref. En wat een toeval dat jij en ik op dat moment door de Breestraat liepen. Of is dat geen toeval, maar predestinatie?" merkt Rita op.

"Als statistisch geschoolde moet ik zeggen: toeval. Maar wat mij betreft, een heel welkom toeval. Natuurlijk omdat ik jou zie, maar ook omdat ik niet wist hoe ik hier de avond zou moeten vullen,"

"Nou, dat lossen we zo op. Dan ga je toch straks mee naar mijn huis!"

Dat doen ze.

"Maak het je gemakkelijk. Ik maak koffie, maar trek eerst wat gemakkelijks aan. Ja, dat chique mantelpakje was omdat ik naar een receptie in Wassenaar moest. Heel erg deftig! Niks aan, maar de plicht roept zo nu en dan."

Rita komt snel terug, in spijkerbroek en slobbertrui. Zichtbaar zonder beha, wat Herbert lichtelijk opwindt. Rita schenkt koffie in en komt bij Herbert op de bank zitten.

"Wat fijn dat je hier nu bij me bent. Door dat toeval! De laatste keer dat we elkaar zagen was in jullie vakantiehuisje in Zandvoort. Toen ben ik vooral aan het woord geweest met over mezelf te vertellen. Aan jouw leven zijn we vrijwel niet toegekomen. Ik herinner me dat ik toen een vaag gevoel had dat jouw May niet erg blij was met mij. Ze zei vrijwel niets, volstond met luisteren. Heb ik dat goed aangevoeld?"

"Ja, dat heb je goed gezien. May heeft wat moeite met contact. En is ook wel wat jaloers over vriendinnen van mij, dus ook op jou. Dat komt door haar leukemie en de strijd die ze, toen ze beter was verklaard, heeft gevoerd om de opgelopen achterstand in te halen."

"Goh, wat akelig. Vertel er eens wat meer over."

Herbert vertelt dat May toen ze zestien was leukemie kreeg. Dat ze daarna zo obsessief de daardoor opgelopen achterstand in heeft willen halen. Studeren en nog eens studeren, iets anders deed ze niet. In die tijd had ze ook weinig contacten, ook geen relaties, waardoor ze niet kwam tot een harmonieuze ontwikkeling. Herbert vertelt dan over hun kennismaking in Mexico en hun daarop volgende relatie. Hij noemt de enorme problemen die ontstonden tijdens en door haar promotieonderzoek. "Ik, maar ook wij, kreeg toen steun van Sanne. Een klant van me, maar ook een goede vriendin. Die heeft echt heel veel voor ons gedaan, maar dat leidde ook tot jaloezie bij May. En toen kwam ik daar in Zandvoort met jou aanzetten. Wij beheersten die avond volledig het gesprek en May voelde zich buitengesloten. En toen zoenden wij elkaar bij het afscheid op de mond. Dat zoenen ziet May als iets geweldig intiems en dat maakte haar toen woedend."

"Goh, een indrukwekkend verhaal over haar ziekte en wat daarna gebeurde. Maar jij bent vast een enorme steun voor haar. En die Sanne? Hoe is het verder gegaan met haar?"

"Sanne is uit ons leven verdwenen. Ze is zonder afscheid te nemen uit Groningen vertrokken en we hebben nooit meer iets van haar gehoord. Merkwaardig en jammer genoeg."

"Zeg, ik ben aan een borrel toe. Hoe denk jij daar over?"

Rita schenkt een wijntje in en presenteert daarbij wat kaaskoekjes.

"Ik zit toch met May, en voel me gewoon een beetje schuldig. Gaat het wel goed met jullie?"

"Ja, toch wel. Ik hou heel veel van haar. En ik heb ook een enorme bewondering voor haar moed en haar vechtlust."

"Is die bewondering misschien niet sterker dan de liefde voor haar als mens, als vrouw? Dat zou dan best ten koste kunnen gaan van een vanzelfsprekende en ontspannen omgang met elkaar. En zou je te bang kunnen zijn om haar pijn te doen? Ja, ik ben psycholoog, sorry."

"Ja, dat vroeg Sanne ook al. Ik had daar geen antwoord op en heb dat nog niet. Het is zeker waar dat ik bang ben haar te kwetsen. Dan houd ik me in, zeg dingen niet die ik wel zou moeten uitspreken. May voelt dat vast, maar praat er niet over. Zoals ze zoveel opkropt. Het geeft zeker wel een spanning."

"Vertel je haar ook dat je deze avond met mij hebt doorgebracht?"

"Tja … Vind je het goed het niet meer over May te hebben, maar over jou? Ben je gelukkig en was je gelukkig met Paul? Hoe heb je zijn dood verwerkt? En hoe leef je nu? Je had toen al iets verteld, maar mogelijk hield je je wat in voor May. Wil je nu alles vertellen?"

"Ja, dat wil ik wel. Ik wil best praten over zijn overlijden. Maar ook over zijn ziekbed. Zo'n ziekbed is zo ingrijpend! Maar dat weet je. Dat heeft May ook zo meegemaakt."

Rita is een tijdje stil.

"Wat somber, he. Terwijl ik zo blij ben je te zien. Ik ga je zoenen voordat ik mijn verhaal doe."

Ze omhelzen elkaar stevig en ze zoenen, intiem, een lange tongzoen.

"Sorry, Herbert, dat had ik niet moeten doen. Maar ik vond het fijn. Net als toen we jong en verliefd waren. En zo onschuldig."

"Ja, wat was ik, verlegen jongen, blij met mijn vriendinnetje, mijn eerste liefde. Die ik mocht zoenen! En nu weer!"

"Ik heb toen al verteld dat we gelukkig waren, een comfortabel en plezierig leven totdat die hersentumor bij Paul zich manifesteerde. Hij onderging alle onderzoeken zonder morren. Hij onderging een hersenoperatie. Als arts wist hij natuurlijk precies hoe alles ging. De chirurgen hielden dan ook niets achter voor hem. En voor mij, want ik ging altijd mee als Paul werd onderzocht of werd behandeld. We praatten er samen veel en diepgaand over. Ik gaf het eigenlijk meteen op. Een hersentumor, hopeloos! Hoewel Paul wel enige hoop had, deed hij toch geen moeite mij te overtuigen dat het goed zou kunnen gaan. De chirurg kon de tumor niet geheel weghalen. Paul werd nog bestraald en kreeg nog even chemotherapie. Maar het ging alleen maar achteruit met hem. Er kwam het moment dat hij niet langer wilde doorgaan met behandelen. Hij had het er niet meer voor over met een uiterst minieme kans dat het goed zou komen. We hebben er over gepraat. We hebben er over gehuild. Hij vroeg mij of hij het op mocht geven. Ja, hij mocht, hoeveel pijn mij dat ook deed. Ik begreep dat hij niet langer zo door kon en wilde gaan. We hebben afscheid genomen. Paul is rustig ingeslapen. Ik huilde."

En nu begint Rita weer te huilen. Herbert neemt haar in zijn armen en probeert haar te troosten.

"Kom, ik moet flink zijn. Vergeten wat ik met Paul heb gehad, doe ik nooit. Maar het leven wacht niet, het gaat gewoon verder. Net als een wielerpeloton als een renner pech krijgt. Nu zit ik hier met jou, terugkijkend op mijn tijd voordat ik met Paul was. Zo komen de dingen van vroeger weer terug. Maar nu geen verdrietige dingen meer. Ik wil met jou niet somber zijn en schenk je nog een wijntje in."

Rita pakt Herberts hand, aait hem.

"Ben je gelukkig, Herbert?"

Hij is stil, aarzelt met een antwoord.

"Ik moet bekennen dat ik weleens twijfel. Ik ben gescheiden van Henriette. Ze is van mij weggegaan voor een ander, maar dat kwam zeker ook omdat ik me te weinig gaf in ons huwelijk. Toen kwam May. We hebben het ontzettend moeilijk gehad. Ze suggereerde ook geregeld dat ik haar maar los moest laten. 'Neem maar een ander. Ga maar naar Sanne,' zei ze dan. En dat meende ze dan ook. Maar toch heb ik nooit echt getwijfeld. Toen ze gepromoveerd was, viel veel spanning weg en kregen we een rustige, fijne tijd samen. May heeft lang geaarzeld om een kind te krijgen omdat ze bang was dat dat, net als zijzelf, ziek zou worden. Maar we hebben het toch gedaan en zijn heel gelukkig met Fleur. Ja, Rita, alles bij elkaar: ja, ik ben gelukkig. En jij? Hoe ben jij verdergegaan na het overlijden van Paul?"

"Ik had veel tijd nodig om weer op gang te komen, het leven weer aan te kunnen. Ik miste Paul, ik verdronk in ons zo lege huis. Het klinkt misschien kinderlijk, maar ik nam toen een poes en dat gaf mij veel troost. Een wezen om voor te zorgen, een wezen dat aandacht aan mij besteedde. Kun je je dat voorstellen?"

"Ja, ik kan me dat heel goed indenken: leven om je heen!"

"En verder? Ik stortte me op mijn werk en dat gaf een enorme afleiding. In het begin kreeg ik veel bezoek, maar dat nam steeds meer af. Men vond het blijkbaar moeilijk als echtpaar op bezoek te gaan bij een vrouw alleen. En ik vond het ook moeilijk tegenover een echtpaar te staan. Ik was bij dat soort ontmoetingen zeker niet op mijn best. Maar na zekere tijd kreeg ik toch weer behoefte eens uit te gaan. Ik ging naar een concert van de Dutch Swing College Band. Alleen. Weet je nog, op onze schoolfeesten speelde altijd een dixieland bandje. Ik ging eens naar de film. Ik ging zelfs eens naar een restaurant. Altijd alleen! Ik vond dat eerst afschuwelijk, maar het wende. Ja, zo was dat nou eenmaal; ik was een vrouw alleen."

"Ik besef dat ik wel wat veel vraag, maar had je in die tijd ook wel relaties? En hoe zit dat op dit moment? Ga ik te ver met dit te vragen?"

"Nee hoor, jij bent zo vertrouwd dat ik daar best een antwoord op wil geven. Ik kreeg inderdaad na enige tijd behoefte aan een intieme omgang, een man die mij zou liefkozen. En zo had ik wel wat scharreltjes. Ik ging met ze naar bed, ja hoor. Maar dan dacht ik aan Paul en dan wilde ik niet verder. En nu ben ik *'seul'*. En eigenlijk bevalt mij dat best. En nu ben jij bij me. Ik schenk nog een wijntje in en wil nog een zoen."

Ze nemen een slok, ze zoenen en kijken elkaar aan.

"Het spijt me, Herbert, ik ben heel blij je te zien. Mijn gevoelens voor je van toen we zeventien waren, komen weer op. Maar het spijt me dat ik je eigenlijk zo overval. Je zo benader alsof we iets met elkaar hebben."

"Ja, Rita, ik krijg ook weer die gevoelens van toen. Ik wist niet dat dat na zoveel jaren nog kon. Ik wist ook niet dat ik me zo kon laten gaan. Maar ik geniet van deze avond met jou."

"Ik zeker ook, hoor Herbert. Ook ik laat me, bijna puberaal, gaan."

"Maar nu even verstandig. Het is 12 uur. Ik moet naar mijn hotel. Morgen moet ik ten slotte ook weer optreden, mijn lezing geven. Heb je het nummer van een taxi voor me?"

"Dat heb ik, maar waarom blijf je niet hier slapen? Dat lijkt me beter, want volgens mij heb je ietsje te veel op."

"Ja, ietsje is een understatement. Wat erg dat ik me zo heb laten gaan. Maar bij je slapen, lijkt me toch niet zo'n goed idee."

"Ik begrijp het: May. Maar we hoeven het toch niet te doen?"

"We denken er nog even over. Geef nog maar een glaasje, dan beslissen we."

Oaxaca

"We hebben het goed, lieve Herbert. En dat is altijd zo geweest, behalve dan in het begin van onze relatie. Daarna hebben we maar een enkele keer ruzie gehad. Toch?"

"Maar dan was het wel raak ook. Dan was mijn lieve May'tje een ware furie. Ik herinner me die keer dat ik dat weekendcongres in Leiden had. En daar volkomen onverwacht mijn oude liefde Rita tegenkwam. Je vroeg hoe het congres was gegaan. Ik zei enthousiast dat mijn lezing prima was gegaan en goed was ontvangen. En toen kwam de voor de hand liggende, in feite onschuldige, vraag hoe het hotel was."

"En toen je daar eerlijk op antwoordde dat je niet in het hotel had geslapen, ontplofte ik. 'Niet in het hotel geslapen? Waar dan wel?' vroeg ik verbijsterd." "Ik vertelde dat ik heel toevallig Rita was tegengekomen en die zaterdagavond bij haar thuis was geweest. Je reageerde met een verbeten uitdrukking op je gezicht: 'En toen is meneer zeker maar meteen met de dame naar bed gegaan.' Ik: 'Nee, May, we hebben gepraat, herinneringen opgehaald en we hebben een wijntje gedronken. Maar verder is er niets gebeurd. Heus.' Maar dat accepteerde jij niet. 'Maar je bent er wel blijven slapen.' Ik weer: 'Ja, maar we hebben verder niets in bed gedaan, niet gevrijd.'"

Herbert vertelde maar niet over hun intieme gezoen.

Hij denkt terug aan hoe May toen doorging met razen: "Weet je, Herbert, ik geloof je niet. Jullie hebben geneukt, vast. Ik geloof niets van je verhaal. Ik geloof ook niet dat je vroeger niets met Sanne hebt gedaan. Die eeuwige zoenen op de mond van jullie zeggen mij genoeg." Herbert begon toen ook nijdig te worden, maar bleef kalm praten: "Toe, May, doe niet zo onredelijk. Ik zeg toch dat er niets is gebeurd."

"Je brulde dat ik maar naar Rita moest gaan. Uiteraard weigerde ik dat. Maar je verwees me wel naar de logeerkamer en dat is weken zo gebleven. En nu May, wat denk je nu van die geschiedenis?"

"Ik schaam me achteraf dat ik je niet vertrouwde. Maar toen kon ik dat niet toegeven. Achteraf moet ik zeggen dat ik toen nog niet in orde was."

Gelukkig ging het na die weken verbanning naar de logeerkamer een stuk beter. "Op een nacht kwam je bij me. Bedeesd zei je dat je met me wilde vrijen. Ik maakte plaats, je trok je nachtjapon uit en we hebben gevrijd. En alles was weer goed. Gelukkig maar."

Hoofdstuk 11

Na de clash door dat weekend met Rita, komen Herbert en May weer in rustig vaarwater. Alles loopt goed. Op hun werk gaat het lekker. May speelt een steeds grotere rol op de longenafdeling. Dat uit zich bijvoorbeeld in haar ondersteuning van onderzoek dat jonge medewerkers doen. Bij Herbert verandert er niet zoveel. Al is er wel een verschuiving naar meer managementtaken. Dat gaat niet alleen om het geven van leiding aan zijn afdeling, maar hij treedt ook steeds vaker naar buiten op als vertegenwoordiger van de statistische ondersteuning.

Fleur is een gezond, vrolijk en intelligent kind. Ze is zeer leergierig. Als Herbert haar leert schaken, gaat ze helemaal op in het spel. Ze bestudeert ook zelf de schaaktheorie uit boeken. Ze speelt wel partijen met haar vader, maar die is veel te sterk voor haar. Herbert laat haar niet winnen, maar toch gaat ze de strijd onvervaard aan en daar leert ze van. Ze komt al snel in het schaakteam van haar school en is daar ook binnen de kortste keren de beste. Herbert neemt haar mee naar een jeugdtoernooi. Hij geniet van haar fanatisme en concentratie waarmee ze haar partijen speelt. Zo'n toernooi is ook een uitje voor vader en dochter. In de lunchpauze eten ze gezellig een patatje en drinken fris. Aan May vertelt Fleur enthousiast over het toernooi en toont trots het bekertje dat ze heeft gewonnen.

Herbert en May doen ook steeds meer aan het onderhouden van hun vriendschappen. Ze praten dan, ze kaarten weleens met ze, en ze gaan met hen uit, bijvoorbeeld naar een bijzondere tentoonstelling of een concert. En May leert ook dat met elkaar een wijntje drinken heel gezellig kan zijn. Vooral Demi is een trouwe vriendin. Die komt meestal alleen om eens gezellig bij te kletsen, maar ook haar man komt soms mee. Ze denken nog weleens aan Sanne, maar komen er niet achter waar die uithangt.

In haar schaarse vrije tijd, werkt May aan haar boek. Ze was begonnen met een vage verhaallijn, maar ervaart, tot haar verrassing, dat het verhaal zich min of meer autonoom ontwikkelt. Begonnen met haar eigen ervaring met haar leukemie, gaat haar hoofdpersoon, de zestienjarige Hanneke, steeds meer een eigen leven leiden. Deze Hanneke verblijft heel lang in het ziekenhuis. Ze beleeft het leven op zaal, ze beleeft de contacten met de verpleegkundigen en met de artsen op een vrolijke manier. De nare dingen: infusen, katheters, injecties, bestraling, chemotherapie en zo, worden uitgebreid verhaald. Ook de akelige dingen, het lijden en het sterven van patiënten, komen aan de orde en worden op een niet dramatische manier uitgelegd. Maar vooral gaat het meisje in het ziekenhuis op avontuur. Ze zwerft met haar infuuspaal door het hele ziekenhuis en treedt onbevreesd alle zalen in om te kletsen. En om met haar opgewektheid patiënten moed in te spreken.

"Ik was van plan een serieuze roman te schrijven over ziekte, akelige behandelingen, onzekerheid, angst om te sterven. Ik wilde die dingen van mij af schrijven. Kortom, een somber verhaal, zo iets als ik zelf heb ervaren. Ook wat om van te leren. Maar het is bezig een opgewekt, positief, informatief boek te worden. Met een hoofdpersoon die een heel ander karakter heeft dan ik. Het wordt uit zichzelf een boek waarmee mensen moed wordt ingesproken. Het is misschien ook meer een boek voor oudere kinderen dan voor volwassenen," vertrouwt May Herbert toe. Maar meer wil ze er niet over vertellen.

Fleur doorloopt de basisschool zonder enig probleem. En Herbert en May bemoeien zich dan ook heel weinig met schoolzaken. Fleur krijgt een vwo-advies. Herbert gaat met haar diverse scholen langs om een vervolgschool te kiezen. Ze vindt alles leuk. Maar het wordt uiteindelijk het gymnasium, mede omdat May, die zelf op het gymnasium had gezeten, dat aanraadde.

Door zich te bemoeien met de school, komen bij May en Herbert weer allerlei herinneringen aan hun eigen middelbareschooltijd boven. Herbert vindt dat heel boeiend en hij gaat trouw naar de ouderavonden. Bij gesprekken met docenten over Fleur gaan ze samen. De boodschap is altijd dezelfde: Fleur is een fijne leerling, die geïnteresseerd en betrokken is en heel goed presteert. Een model-leerling! Maar onbewust groeit bij May de angst dat ook hun dochter ernstig ziek zal worden. Als ze dat beseft, kan ze het toch niet onderdrukken. Herbert voelt het aan en probeert het uit haar hoofd te praten. Hij gebruikt wetenschappelijke argumenten en hij werkt met gevoelsargumenten, maar May blijft bang.

Er worden op een ouderavond kandidaten gevraagd voor het lidmaatschap van de oudercommissie. Herbert meldt zich aan en wordt gekozen. Zo raakt hij nog meer betrokken bij de school.

Oaxaca

"En toen kwamen we op, wat je noemt: de middelbare leeftijd. Een kind dat de basisschool doorliep en het bestaan begon te verkennen. Een kind dat naar de middelbare school ging. Ik heb het gymnasium toen doorgedrukt. Egoïstisch van me? Maar gelukkig gaat het goed. Ze leert uitstekend en is ook geïnteresseerd in de stof. Ik vind het natuurlijk leuk dat ze vooral de oude talen leuk vindt. De appel is wat ver van de stam gevallen, want met wiskunde heeft ze wel moeite. Vind jij dat jammer?" vraagt May.

"Nee hoor. Natuurlijk vind ik wiskunde het mooiste wat er is, maar er hangt heus geen geluk van af. En dat ze er moeite mee heeft, geeft mij de kans om haar ermee te helpen. O, ik geniet ervan, samen met haar wiskunde te doen. Stellingen uit te leggen, samen de sommen te maken, ik vind het heerlijk. Ze heeft er dan wel moeite mee, maar ze is niet eigenwijs en neemt de dingen van mij aan."

"Ja, het was ook de tijd van de angst dat onze Fleur, net als ik, ziek zou worden. Raar, maar ik kon die angst niet overwinnen. Gek ook dat ik zo gefixeerd was op de leeftijd van zestien jaar. Nu ze zeventien is, is mijn zorg een stuk minder. Het slaat natuurlijk nergens op, het heeft geen enkele logica. Maar toch, het geeft mij wel enige rust."

Herbert streelt haar hand.

"Gelukkig maar. Heus, Fleur is voor het geluk geboren. En verder was het de tijd van jouw boek!"

"Ja, mijn boek. Ik was er aan begonnen om de ellende van mijn jonge jaren van me af te schrijven. En toen ik zo bezig was, ging het opeens niet om het verhaal, maar om het schrijven zelf. Ik kreeg er enorm veel plezier in, het bouwen van een eigen wereld, waarover ik de regie had. Natuurlijk vormde mijn ziekte het uitgangspunt, maar het verhaal werd al gauw hoofdzakelijk fantasie. De personen begonnen echt voor mij te leven. Ik gaf ze vreugde en ik gaf ze verdriet. Ik begon gewoon van ze te houden! En ik vroeg me steeds af: wat zal ze nu overkomen? Net alsof ik dat niet bepaalde!"

Hoofdstuk 12

May komt aan het einde van haar boek. Ze moet nog een slot bedenken, maar haar verhaal heeft ze wel verteld. Het is zo heel anders geworden dan ze van plan was: veel losser van haar eigen ervaringen en ook veel opgewekter, hoewel ze de akelige dingen van een ziekenhuisverblijf niet uit de weg gaat. Nu het boek vrijwel klaar is, vraagt May zich af of het wat voorstelt. Is het boeiend? Is het informatief? Leest het prettig? Zijn haar taalgebruik en stijl in orde? Hoewel ze het boek louter en alleen voor zichzelf was begonnen, vraagt ze zich dit toch af. Ze wil het niet aan Herbert vragen, wat voor de hand zou liggen. Is ze bang voor kritiek, kritiek juist van haar echtgenoot? Ze weet het niet. Als Demi vraagt hoe het staat met haar boek, bedenkt ze dat ze die wel om een beoordeling kan vragen. Die kent de materie van een ziekenhuis, is kritisch genoeg en van haar kan ze kritiek best verdragen. Demi zegt dat ze het een hele eer vindt en het graag zal doen.

"Wat is eigenlijk de titel van je boek?" vraagt Demi.

"Tja, die staat nog niet vast. Maar ik heb als werktitel: *In het ziekenhuis, verkenning van wat je daar beleeft.*"

"Dat klinkt goed. Mooi uitdagend. Is het ook een boek om mensen die naar een ziekenhuis moeten, te leren wat hun te wachten staat?"

"Ik had het niet zo bedoeld, maar misschien is dat wel een goed idee. Bekijk het ook maar in dat licht. Ik ben ontzettend benieuwd wat je van het boek – mijn boek! – vindt."

Demi is heel nieuwsgierig en begint meteen aan de tekst. Het leest heel vlot, ervaart ze, en al na een paar dagen komt ze bij May terug om verslag te doen.

"En?" vraagt May gespannen.

"Prachtig! Ik heb het in één adem uitgelezen. Het is vlot en leuk geschreven. En het verhaal is heel boeiend en leerzaam. Je moet het maar aanbevelen als een introductie 'patiënt in het ziekenhuis.'"

"Zeg, ho eens even. Het is nog helemaal geen boek. Alleen nog maar een manuscript van een goedwillende amateur die zich echt nog geen auteur kan noemen."

"Maar dat kan veranderen! Je stuurt het naar een uitgever en dan wordt het een boek. Ik zie het al in de winkel liggen!"

"Ja, ja, de uitgevers zien me aankomen."

"Kom op, wie niet geschoten heeft ... We zoeken op internet een geschikte uitgever, je stuurt het in en dan zul je het zien: een juichende ontvangst."

May doet dat. En denkt helemaal niet meer aan haar boek, totdat ze een berichtje krijgt: 'Uw manuscript voldoet aan onze eisen en we geven het graag uit.' May weet niet wat ze leest!

Er volgt nog een hoop gedoe: contracten, het redigeren controleren, een samenvatting maken, een cover maken, enzovoort. Maar na een half jaar ligt er het boek:

In het ziekenhuis
verkenning van wat je daar beleeft
May Simons

Oaxaca

"Wat was ik trots. Mijn vrouw had een boek geschreven! Ik ging meteen naar een boekwinkel en bestelde parmantig: Mag ik het boek *In het ziekenhuis, verkenning van wat je daar beleeft*, van May Simons.

Voor de winkelier was het natuurlijk niets bijzonders, maar ik liep vol trots de winkel uit."

"Ja, ik was natuurlijk ook erg trots dat mijn boek zomaar werd uitgegeven. Dat had ik helemaal niet verwacht. En ik kreeg zo veel leuke reacties. Fleur, de schat, had een schilderijtje met mijn boek gemaakt. Onze familie feliciteerde mij zo hartelijk. Vrienden belden, mailden of schreven dat ze het prachtig vonden. Ik weet niet of iedereen wel objectief oordeelde, maar de reacties waren uniform positief. En er was dat hartelijke briefje van Rita. Ze maakte het helemaal goed bij mij. En mijn ziekenhuis reageerde heel leuk. Veel collega's feliciteerden mij en van de directie kreeg ik ook een hartelijke reactie. Mijn promotor, emeritus hoogleraar prof. Klaas Martijn, kwam speciaal langs om mij geluk te wensen. Maar het meest ben ik getroffen door de patiënten van het ziekenhuis, en niet alleen die van mijn eigen afdeling. Ze vonden het leuk en vooral nuttig als voorbereiding van een ziekenhuisopname. Een moeder schreef dat ze het hele boek had voorgelezen aan haar dochtertje dat langdurig opgenomen zou worden. Kijk, voor zoiets doe je het."

"Ja, May, ik geloof dat je mensen erg helpt met dit inzicht in het ziekenhuisgebeuren. Het blijkt ook uit al die uitnodigingen die je kreeg om een lezing over jouw boek te houden. Een enkele keer ging dat om een presentatie in een boekwinkel, maar meestal betrof het patiëntenorganisaties."

"En ik kreeg zelfs een optreden in een praatprogramma. Dat vond ik best spannend. Ik was dan ook behoorlijk zenuwachtig."

"Logisch, maar dat was niet te merken. Je was volkomen overtuigend door je zelfverzekerde houding.

"Ja, fijn om te horen. Wat een verschil met dat onzekere vrouwtje van toen we elkaar net kenden. En toen kreeg ik mijn eerste honorarium. Ik wist niet wat me overkwam! We zijn er heel chic van uit eten gegaan."

"Ja, je boek verkoopt mooi. En terecht."

"Wat is er toch ontzettend veel gebeurd in mijn leven. Een prettige jeugd, ik kon goed leren, die leukemie met zijn onzekerheid of ik het zou overleven, ik werd genezen verklaard en begon mijn achterstand in te halen, het vwo afgerond, fanatiek medicijnen gestudeerd, mijn ontwikkeling als mens verwaarloosd, jouw leren kennen hier in Mexico, gepromoveerd, een fijne baan als longarts, een prachtig kind, auteur van een veelgelezen boek. En nu zitten we hier in Oaxaca terug te kijken op mijn leven. En nog maar zo weinig om naar uit te kijken en zoveel om op terug te kijken."

Herbert nam May in zijn armen en knuffelde haar.

"Ja, mijn liefste, we hebben samen echt geleefd, ons best gedaan en zo zullen we verder gaan, zolang het kan. Jij en ik."

Hoofdstuk 13

Het boek van May verandert hun leven drastisch. Herbert had gedacht dat May het rustig zou krijgen na het schrijven en het werk aan het uitgeven. En dat ze weer samen, en met Fleur, leuke dingen zouden gaan doen. Maar niets bleek minder waar. Het boek wordt ontdekt en May komt in een praatprogramma. Het gevolg is dat ze voor lezingen wordt uitgenodigd. En ze krijgen enorm veel brieven waarin het boek veel lof krijgt. Het is ondoenlijk al die brieven te beantwoorden. Herbert maakt voor de tekstverwerker een sjabloon voor een antwoord aan de briefschrijvers. Dat scheelt enorm veel werk. Maar van de rust komt niets terecht. May houdt het enorm druk. Ze is veel op reis voor spreekbeurten. Dan komt ze laat thuis, maar moet toch weer vroeg op om haar werk in het ziekenhuis te doen. Dat werk houdt voorrang. Het ligt natuurlijk ook aan haar karakter en aan haar vroegere ervaringen dat ze geen kans ziet afstand te nemen. Herbert maakt zich ongerust. Hij ziet de wallen onder haar ogen. Hij dringt erop aan dat ze het rustiger aan doet. Maar krijgt als reactie alleen maar grauwen en snauwen. Het gaat net als tijdens haar werk voor haar promotie.

"May, mijn lieve May, doe wat rustiger aan. Je bent bekaf, je gaat hieraan kapot. Wees verstandig."

"Bemoei je er toch niet mee. Het is mijn boek en het is mijn leven."

"Nee May, het is niet alleen jouw leven. Het is ook het leven van Fleur. En van mij. Ik wil niet, zoals toen tijdens je promotie-onderzoek, door het ziekenhuis worden gebeld dat mijn vrouw onderuit is gegaan en in coma ligt. May toch, Fleur en ik kunnen je niet missen. Hou je in, alsjeblieft."

May kijkt hem aan en zegt niets, behalve: "Ik ga naar bed."

Herbert geeft het maar op. Hij hoopt dat ze zich toch iets aantrekt van zijn bede.

Maar dat is niet het geval. May verandert niet. Ze blijft veel op spreekbeurt gaan. En als ze eens een avond thuis is, trekt ze zich terug in de studeerkamer en werkt door tot na twaalven.

"Wat doe je toch altijd in de studeerkamer nu je boek klaar is?" vraagt Herbert op een avond om een uur of elf.

"Ik schrijf. Ik heb gemerkt hoe belangrijk het voor patiënten is om van tevoren informatie te krijgen over hun bezoek aan het ziekenhuis. Nu maak ik een introductie speciaal op het gebied van longziekten. En dan gaat het niet alleen over de longenpolikliniek en ziekenhuisopnamen, maar ook over gezond leven. Natuurlijk vooral over roken."

"Dat lijkt mij heel erg nuttig. Mooi dat je dat op je neemt. En door het succes van jouw boek zal er zeker veel belangstelling voor zijn. Maar kun je het niet wat langzamer aan doen? Zo ga je kapot. Vannacht kwam je ook pas om drie uur in bed en ging er om zes uur al weer uit. Dit hou je niet vol, May. Hou je in, voor Fleur, en voor mij. En ook voor jezelf. Als je afknapt, komt er helemaal geen boek."

"Bemoei je er niet mee! Ik heb deze missie op me genomen en zal hem ook uitvoeren. Ga jij maar naar bed, dan kan ik nog even schrijven."

Misschien was het dwarsheid van haar, maar die nacht komt May helemaal niet in bed. Ze gaat meteen door naar haar werk. Herbert is woedend, maar ziet geen kans haar tot rede te brengen.

Er breekt zo een tijd aan dat Herbert en May eigenlijk langs elkaar heen leven. May is altijd aan het werk, op stap of thuis. Als ze eens bij elkaar zijn, zeggen ze alleen maar de meest noodzakelijke dingen tegen elkaar, met name huishoudelijke zaken. Fleur beklaagt zich over de sfeer. Dan doet May wel haar best zich open te stellen voor het gezin. Maar helaas is dat van korte duur. Zo worden Herbert en Fleur tot elkaar gedreven. Hij doet zo veel mogelijk leuke dingen met haar. Maar hij ziet ook dat het meisje vaak weggaat om de gespannen sfeer in huis te ontvluchten. May gaat gewoon door. Merkt ze wel dat het helemaal mis is in ons gezin, vraagt hij zich af. Maar hij zegt maar niets meer, wetende dat het toch niet aanslaat.

Oaxaca

"Tja, May als schrijfster! Wat had het boek over het ziekenhuis een succes. Wat een leuke reacties, kreeg ik. En zoveel. Ik wist niet wat me overkwam. Ik had trouwens niet eens verwacht dat mijn boek zou worden uitgegeven. Maar dankzij Demi vond ik toch de moed het een uitgever aan te bieden."

"Een volkomen verdiend succes. Je hebt er heel hard voor gewerkt. En het is een prachtig boek geworden, waaraan heel veel mensen een hoop hebben. Ik ben natuurlijk een volmaakte leek, heb nooit in een ziekenhuis gelegen, maar begrijp toch alles wat je hebt geschreven."

"Die kleine May! Ik had nooit van mezelf gedacht dat ik kon schrijven. Op school kreeg ik zesjes voor mijn opstellen. En dan zo'n succes. Maar daar had ik het bij moeten laten en niet nog een boek willen schrijven."

"Ja, dat was verstandig geweest. Maar toen kwam het gevolg van je leukemie weer opspelen. Jouw enorme wil om iets in te halen, jezelf te bewijzen. Terwijl je echt al genoeg had bewezen."

"Ja, toen kwam mijn halsstarrigheid weer boven. Niet naar jou luisteren, maar mijn eigen zin doordrijven. O, wat heb ik jou tekort gedaan. En wat heb ik ook Fleur laten stikken. Wat ben ik toch een ellendig mens!"

"Nee May, dat ben je niet. Integendeel, je bent geweldig. Ik hou van je. En Fleur houdt van je. Maar op dat moment konden we je niet bereiken."

"Ja, ik schaam me. Hoe heb je het volgehouden? Ik had het verdiend dat je me het huis had uitgeschopt. Heb je dat wel overwogen?"

"Nee, nooit. Ik hiel van je. En ik begreep je wel. Dat had ik wel geleerd van de tijd dat je je promotieonderzoek deed."

"Ja, zonder jouw onvoorwaardelijke zorg voor mij had ik het nooit gered."

May en Herbert zitten hand in hand te zwijgen, hun leven te overdenken.

"En toen ging het mis," zuchtte May.

Hoofdstuk 14

Herbert vindt het leven moeilijk. Want May gaat stug door met zich uit te putten. Hij zegt er vaak wat van, maar krijgt dan alleen maar een snauw en ze trekt zich terug in de studeerkamer om pas na uren naar bed te komen. Herbert probeert haar dan weleens te knuffelen, maar dan draait ze hem haar blote rug toe zonder iets te zeggen. Intussen klaagt May nooit dat ze het druk heeft, of dat ze moe is.

Maar ze raakt wel uitgeput. Demi ziet het en maakt zich er zorgen over.

"Is er wat, May? Je ziet er uitgeput uit. Maak je je niet te druk met je nieuwe boek? Jou kennende vast wel. Je moet je rust nemen. Ga er eens uit. Ga lekker met vakantie. Ik kan je Mallorca aanbevelen. Wij zijn er net geweest. Het is een heerlijk oord."

Maar ook tegen haar zegt May dat er niets is: "Wat moe en dat gaat heus wel weer over."

En dan ziet Demi dat May aspirine inneemt.

"May, ik heb gezien dat je aspirine slikt. Er is dus wel wat. En je moet het mij vertellen."

"Ach, valt wel mee, het gaat heus wel over. Ik heb het mogelijk wat al te druk. Of misschien is het gewoon de overgang."

"Nee May, daar neem ik geen genoegen mee. Zeg wat er is. Nu!"

May bekent dat ze heel erg moe is: "Ik sta op met hoofdpijn en die gaat niet over, ondanks de aspirine die ik slik."

"En wat is er nog meer? Ja, ik vraag wát, en niet óf er meer is."

May zakt in een stoel neer en slaat haar handen voor haar ogen.

"Ja, ik ben soms duizelig, maar erger is dat ik steeds pijn in mijn buik heb. Ja, Demi, en als dokter weet ik dat dat niet komt door de overgang."

"Dat is dan genoeg. Jij laat je nu grondig onderzoeken. En als je dat niet uit jezelf doet, neem ik je onder de arm en sleep je erheen. Je vertelt ook alles aan Herbert. Als jij dat niet doet, doe ik het. En niets te ja-maren, zo gaat het gebeuren. Punt uit."

May is geschokt door de aanpak van Demi, maar begrijpt dat ze geen keus heeft. Zo kan ze ook niet doorgaan. Als ze die avond thuis komt, geeft ze Herbert een zoen, wat ze al tijden niet heeft gedaan.

"Herbert, ik ga direct naar bed. Wil je met me meegaan? Ik wil dat heel graag."

Herbert is overdonderd, maar doet het meteen. In bed kruipt May meteen in zijn armen.

"Lieve Herbert, er is wat met mij. Ik ben bang dat het niet is omdat ik zo hard werk, er is meer. Ik heb altijd hoofdpijn en pijn in mijn buik. Ik heb dat lang genegeerd, maar maak me nu ongerust. Dat komt ook door Demi. Ze heeft met me gepraat en dwingt me me grondig te laten onderzoeken. En dat moet maar, want zo kan ik niet doorgaan."

May breekt in zijn armen, begint te huilen en Herbert troost haar liefdevol.

"Ik was er al bang voor, maar je was zo ontoegankelijk. Ik ben blij dat er nu iets gaat gebeuren. Ik ga wel met je mee naar dat onderzoek."

"Nee, dat kan niet, want je kan niet bij die onderzoeken aanwezig zijn. Maar ik vind het fijn als je me wegbrengt."

Demi regelt meteen de nodige afspraken. Het hoofd van de afdeling Interne Geneeskunde wil dat May een paar dagen wordt opgenomen. Dan kunnen ze alle onderzoeken achter elkaar doen en haar permanent observeren.

Herbert brengt May naar het ziekenhuis. Ze nemen met een innige knuffel afscheid.

"Gek, he, ik ben gewoon zenuwachtig, terwijl ik het ziekenhuis door en door ken en zelfs een boek over de gang van zaken heb geschreven."

May krijgt een kamer alleen. Het hoofd van de afdeling neemt zelf de anamnese af.

"We beginnen meteen. De bloedprikker komt zo bloed afnemen. Intussen geeft de zuster je een infuus om aan te sterken voor de onderzoeken. En je krijgt een katheter om 24-uurs urine te analyseren."

"Nou, zo ben ik echt patiënt!"

"Ja, schik je daar maar in. Sterkte collega, je zult me geregeld zien."

En dan begint het circus van onderzoeken. Eerst het routinewerk: temperatuur, bloeddruk, hartslag, zuurstofsaturatie. Dan onderzoek van de longen, het bloed wordt geanalyseerd en er wordt een scan van de buik gemaakt. Ten slotte wordt er een biopsie gemaakt van de plek in de buik waar May de pijn voelt.

May realiseert zich nu hoe vermoeiend al die onderzoeken zijn. Ze slaapt dan ook geweldig. Ook laat ze zich verwennen door de verpleging met eten en drinken. Ze geniet, net als alle patiënten, van bezoek van man en dochter.

En dan gaan de specialisten aan de gang: de internist, de uroloog, de radioloog, de maag-darmspecialist, de nefroloog. Ze vinden de biopsie enigszins verdacht en daarom wordt de oncoloog en via hem de patholoog erbij gehaald.

May wacht gespannen af, maar raakt, verwend door de zorg van de verpleging, ook uitgerust.

"Morgen om tien uur is er een bespreking gepland," vertelt de zaalarts. "Bel jij zelf je man dat hij daar wordt verwacht?"

Dat Herbert erbij moet zijn, stelt May niet bepaald gerust. Hoewel het zogenaamde familiegesprek wel gebruikelijk is. Herbert is ook ernstig bezorgd. Ze worden ontvangen door de internist en de oncoloog. De internist neemt het woord.

"Ik val met de deur in huis, May, meneer Smit, want het heeft geen zin er omheen te draaien. Het is niet goed. We kunnen nog niet zeggen wat precies er aan de hand is, maar de scan van de pancreas toont een tumor en de biopsie bevestigt dat daar kwalijke cellen zitten. We moeten nog nagaan hoe groot en welke structuur de tumor heeft. En, natuurlijk weet jij er alles van, is de essentiële vraag of er metastasen zijn. We gaan dit acuut onderzoeken. Daarvoor willen we jouw opname nog even verlengen. Wij laten jullie nu even alleen om het slechte nieuws te verwerken. En als jullie eraan toe zijn, komen we hier terug om de verdere gang van zaken te bespreken. Het spijt me ontzettend, May, ik had jullie graag ander nieuws gegeven."

May en Herbert blijven verslagen achter. Herbert omhelst haar innig. May zit er verstijfd bij.

"Ik was er al bang voor. Het voelde niet goed. En als dokter begreep ik wel dat er iets serieus moest zijn. Nu maar afwachten wat dat verdere onderzoek oplevert. Vertel jij het alvast aan Fleur? Dan leg ik het haar als ze straks op bezoek komt wel verder uit."

De volgende dag worden er uitgebreide onderzoeken gedaan. De plaats en de grootte van de tumor worden heel precies in kaart gebracht. En er wordt uitgebreid onderzocht in hoeverre al sprake is van metastasering.

May en Herbert worden weer opgeroepen. Nu worden ze ontvangen door de oncoloog en de patholoog.

"Het spijt me verschrikkelijk," begint de oncoloog, "maar het is niet goed. De tumor zit op een rotplaats en de chirurg die ik heb geraadpleegd, is somber over het operatief wegnemen. Helaas hebben we ook metastasen gevonden en wel tamelijk veel, verspreid over het lichaam. We zullen ons uiterste best doen, maar de kans dat het goed komt, is helaas klein. Het spijt me verschrikkelijk, maar de prognose is uitermate slecht."

"En wat kunnen jullie doen?" vraagt Herbert gespannen.

"Operatief. We kunnen kijken of in ieder geval een stuk van de tumor kan worden verwijderd. Bestraling kunnen we ook doen, de metastasen vormen echter een aanzienlijk probleem. En ten slotte is er natuurlijk chemotherapie. We zijn dus niet uitgepraat, maar ..."

May laat hem niet uitspreken.

"Ik weet genoeg, Ik wil nu naar huis om me, om ons, te beraden op wat we willen. Dank zover."

Oaxaca

"Ja, en toen ging het mis. Verschrikkelijk mis. Je wilde niet erkennen dat er wat was, maar onder druk van Demi heb je je toch laten onderzoeken. Daar zaten we dan om de uitslag te horen. 'Het is niet goed,' zei de internist, 'maar we moeten nog verder onderzoek doen.' En na dat verdere onderzoek, werden we weer op gesprek geroepen."

"En de specialisten gaven volkomen duidelijkheid. Jij had nog wel enige hoop, kon het gewoon niet accepteren, maar ik als dokter wist dat het helemaal mis was, en er geen enkele hoop op herstel was."

"Weer thuis, probeerde ik je hoop te geven. Jij reageerde. 'Laat maar, Herbert, laat maar. Ik weet wel beter. Ik ga dood. Laten we onszelf niet bedriegen, Herbert: ik ga dood, dood, en het zij zo. Eigenlijk heb ik mijn hele leven het gevoel gehad dat ik weer kanker zou krijgen en eraan zou sterven. Ik accepteer dat. En jij, mijn liefste, zult dat ook moeten accepteren. Het spijt me. En het doet pijn dat ik onze Fleur niet zie opgroeien.'"

"Ik hield vol: 'maar ze kunnen toch een behandeling uitvoeren. En dat willen ze ook, begrijp ik.' Maar voor jou was er geen twijfel. We praatten er nog over. Ik wanhopig, jij vastberaden. Maar jij wilde geen therapie. Je zei: 'Ik heb het ondergaan van die ellendige behandelingen niet over voor de minimale kans op succes. En welk succes? Een paar jaar langer leven? Mogelijk ook nog eens als kasplantje. Ik weet er alles van, met mijn leukemie toen ik zestien was. En wat ik als arts heb gezien. Ik begin er niet aan.' Maar ik had toch altijd hoop dat het goed zou komen. Jij hebt altijd gevochten om toch te overwinnen. Waarom nu niet? Maar je zei: 'Ik heb het er gewoon niet voor over.' Ik gaf nog de metafoor van de verloren schaakstelling. En wat ik daarbij ook echt heb meegemaakt. Een verloren schaakstelling is een stelling die je onherroepelijk verliest als de tegenstander correct verder speelt. Maar de onderliggende partij geeft toch niet op. Dat doe je hoofdzakelijk uit frustratie dat je de partij gaat verliezen. Maar ook voor de uiterst kleine kans dat de tegenstander, ook gefrustreerd dat hij de overwinning niet krijgt, toch een fout maakt. Ondertussen dub je of je niet een einde aan je lijden moet maken en de partij opgeven. Ik herinner het me nog. Het was in Hoogezand. Ik stond verloren, maar speelde toch door. Nog een zet en ik geef het op, besloot ik. Toen bood mijn tegenstander remise aan! Dus May, er is altijd een kans te overleven. Maar jij antwoordde resoluut: 'Lieve Herbert: het leven is geen partij schaak.' Ik gaf het maar op. 'En hoe gaat het dan verder,' vroeg ik toen. 'Hoe is dan het verloop?' Jij was toen erg beslist. Er was geen verder overleg nodig. Je zou vragen welke palliatieve zorg er zou kunnen worden geboden."

Hoofdstuk 14

Palliatief kan er weinig voor May worden gedaan. Ook omdat ze bestraling en chemotherapie weigert. Om de druk, en daarmee de pijn, te verlichten, wordt wel een stuk van de tumor weggesneden. Zo blijven alleen maar medicijnen over om de pijn die nu ook in andere delen van het lichaam optreedt, te verdoven. Steeds een beetje sterker. Verder krijgt ze pepmiddelen om haar conditie zo goed mogelijk te houden.

In het begin werkt May nog gewoon door in het ziekenhuis. Maar ze is zo uitgeput na haar dienst, dat ze dat moet opgeven. Ze werkt nog wel aan haar boek. Daarmee vlucht ze in een parallelle wereld die haar afleidt. Maar de inspiratie wordt, tegen haar wil, toch minder. Herbert neemt zoveel mogelijk vrij om May te ondersteunen. Al gauw verzwakt ze zodanig dat hij ook daadwerkelijk moet helpen. May is duidelijk op en tegen kaar karakter in, laat ze hulp toe. Ze proberen Fleur zoveel mogelijk buiten het ziekzijn te houden door te stimuleren dat ze afleiding buitenshuis zoekt. Dan zitten May en Herbert dicht tegen elkaar aan. Ze praten wat, waarbij ze vooral herinneringen ophalen. Praten over dingen die zich in de toekomst zullen afspelen, mijden ze. Als May zich goed voelt, spelen ze wel scrabble of monopoly. Bezoek krijgen ze nauwelijks, want dat is al gauw te inspannend. Alleen Demi is een trouwe bezoekster. Dat kan, omdat May zich dan niet hoeft te forceren om wat te zeggen. Op goede dagen gaan ze met de auto rijden, naar Noord-Groningen, naar Drenthe, naar de Friese meren. Dan lunchen of dineren ze, zoals ze graag deden, maar dat is al gauw te veel voor May.

Zo wachten ze. Wachten op de dood. Wachten tot May niet meer thuis zou kunnen worden verzorgd.

"Herbert, lieverd, ik zou nog een ding willen."

"Zeg het maar, schat, wat je ook wilt, we zullen het doen."

"Ik zou zo graag terug willen naar hoe het begon met ons. Ik wil terug naar Oaxaca. Terug naar dat hotelletje, terug naar dat tafeltje in de eetzaal. Terug naar dat ik opkeek en jij daar stond. Terugkijken op het leven dat wij geleefd hebben. En dan terug naar het hand in hand met jou zitten in het vliegtuig van Mexico City naar Amsterdam. En dan wil ik sterven."

Herbert neemt May in zijn armen en ze huilen.

"Dat doen we dan toch. Ik ga het morgen meteen regelen."

De behandelend arts kijkt heel afwijzend, als May hem vraagt haar extra sterke pepmiddelen te geven voor de reis.

"Ik ben bang, May, bang dat je zo'n reis niet meer aankunt."

"Dat maakt mij niets uit, ik ga. Dus geef me wat zodat ik het zo goed mogelijk aankan."

Dat doet de dokter, met grote tegenzin.

Oaxaca

Het is zover. Ze kopen een Azteken beeldje voor Fleur. En een ring voor trouwe vriendin Demi. Herbert en May pakken hun boeltje in. Het afscheid van het hotel is hartelijk. Ze nemen een taxi naar het vliegveld. Als ze opstijgen, wuift May ten afscheid.

"Dag Oaxaca, hier heb ik mijn geluk gevonden."

Ook als het vliegtuig Mexico City verlaat, neemt May afscheid. Afscheid van een mooie herinnering. Afscheid van het leven ...

Hoofdstuk 15

Het heeft niet lang meer geduurd.

Een witte kist. Erop rode rozen. En een tekening die Fleur van May had gemaakt. Er omheen nog heel veel bloemen, kaarten, brieven.

Eenmaal terug thuis gaat het snel minder met May. Oaxaca heeft May volkomen uitgeput. Ze gaat meteen in bed. Ze zou er niet meer uitkomen. May vraagt of Fleur bij haar komt. Ze blijft daar een uur. Ze komt terug met betraande ogen, ze zegt niets. Herbert omhelst haar stil. Hij zou nooit weten wat May en Fleur hebben bepraat. May vraagt of Herbert bij haar komt.

"Dankjewel, mijn liefste man, door jou heb ik een fijn leven gehad. Zorg voor Fleur zoals je voor mij hebt gezorgd. Wij hoeven verder niets te zeggen, we voelen wel."

Herbert gaat naast haar liggen, handen in elkaar. Als hij wakker wordt, is May gestorven. Hij haalt Fleur. Stil zitten ze bij May, hand in hand. Ze huilen. Samen.

De aula van het crematorium loopt vol. Familie, vrienden van May en van Herbert, vrienden van Fleur, collega's van May en van Herbert. Zwijgend zoeken ze een plek om afscheid te nemen. Afscheid van May. ABBA zingt *I have a dream*. Herbert en Fleur zitten vooraan, hand in hand. Demi komt bij ze zitten.

De plechtigheid is sober. Veel muziek, songs uit haar jeugd, van ABBA, Franse chansons. Bach. Er wordt ook gesproken. Door de man van Demi, door een collega van May. Herbert hoort het. Het gaat langs hem heen.

Dan is de plechtigheid afgelopen. Herbert staat op om een dankwoord te spreken. Hij doet dat zonder aarzelen, hij moet, het is zijn plicht, het laatste dat hij voor May kan doen.

Voor hij begint, dwaalt zijn blik door de zaal. Helemaal tegen de achterwand leunt een dame. Ze is helemaal in het zwart, met een zwarte shawl, met een zwarte hoofddoek. Hun ogen kruisen elkaar. Sanne!

Herbert en Fleur staan hand in hand huilend voor de kist. May.

Sanne verlaat ongemerkt de aula.

EIN HERZ FÜR AUTOREN A HEART FOR AUTHORS À L'ÉCOUTE DES AUTEURS MIA KAPΔIA ΓIA ΣYΓ
ΑΡΤΑ FÖR FÖRFATTARE UN CORAZÓN POR LOS AUTORES YAZARLARIMIZA GÖNÜL VERELIM S
GRE PER AUTORI ET HJERTE FOR FORFATTERE EEN HART VOOR SCHRIJVERS TEMOS OS AU
ZÖINKÉRT SERCE DLA AUTORÓW EIN HERZ FÜR AUTOREN A HEART FOR AUTHORS À L'ÉCO
AÃO BCEЙ ДУШOЙ K ABTOPAM ETT HJÄRTA FÖR FÖRFATTARE À LA ESCUCHA DE LOS AUT
AUEURS MIA KAPΔIÁ ΓIA ΣYΓΓPAΦEIΣ UN CUORE PER AUTORI ET HJERTE FOR FÖRFATTARE EE
ΑΛΛΑRIMIZ   V   E IM E E ZERZÖINKÉRT SERCE DLA AUTORÓW EIN HERZ F
SCHRI   EM O   RAÇÃO BCEЙ ДУШOЙ K ABTOPAM ETT HJÄRTA F

De auteur

Leo van der Weele is geboren in 1936 in Singapore. Hij groeide op in het voormalige Nederlands-Indië, waar hij in een jappenkamp verbleef. Na de oorlog koos hij voor de hbs b op het Kennemer Lyceum in Overveen en studeerde vervolgens in Groningen wis-, sterren- en natuurkunde. Van der Weele werkte voor de Rijksuniversiteit Groningen, aanvankelijk als softwareontwikkelaar, later als adviseur en docent statistiek. Hij was ook lid van het managementteam. Hij schreef softwarehandleidingen en -lesmateriaal en wetenschappelijke artikelen. Hij is medeauteur van het boek Kleine Statistiek met een Grote Computer. Sinds zijn pensionering in 2001 richt Van der Weele zich op fictie. Zijn boek Terug in Oaxaca is een vervolg op eerder verschenen novelles Congres in Mexico en May. Onder de titel Tja publiceerde hij in eigen beheer een serie columns. Leo van der Weele woont in Groningen en heeft vier kinderen, van wie een is overleden.

De uitgeverij

> ## Wie ophoudt beter te worden is opgehouden goed te zijn!

Op basis van dit motto zoekt uitgeverij novum steeds nieuwe manuscripten! Ondertussen zijn wij in Nederland, Duitsland, Oostenrijk en Zwitserland dé specialist voor nieuwe auteurs.

Elk manuscript dat wij ontvangen wordt gratis door onze redactie beoordeeld.

Meer informatie over onze uitgeverij en over onze boeken kunt u op online vinden onder:

w w w . n o v u m p u b l i s h i n g . n l

Leo van der Weele

Welterusten kaars

ISBN 978-3-99064-490-4
70 bladzijden

Waar een toevallige ontmoeting op kerstavond toe leidt. Ont-
luikende verliefdheid, weerstand, levensverhalen bij de open
haard.
Met de novelle Welterusten Kaars maakt de 82-jarige Leo van
der Weele zijn schrijfdebuut in het fictieve genre.

novum UITGEVERIJ VOOR NIEUWE AUTEURS

Leo van der Weele

Goeiemorgen kaars

ISBN 978-3-99064-641-0
80 bladzijden

Wordt het wat tussen de hoofdpersonen uit de novelle Welterusten Kaars? In de novelle Goeiemorgen Kaars verhaalt Leo van der Weele over de verwikkelingen: twijfel, ruzie, ervaringen van een thuiszorger, een opmerkelijke ontmoeting, die tot het antwoord leiden.

Leo van der Weele

Ik had geen
tranen meer

ISBN 978-3-99064-791-2
106 bladzijden

De relatie van wiskundeleraar Peter met Rita, Els en Klaartje, de drie vrouwen in zijn leven, wordt in verschillende periodes van hun leven belicht, in 1964 en 1990. Een interessant levensverhaal over liefde, seksuele aantrekkingskracht en verdriet.

novum UITGEVERIJ VOOR NIEUWE AUTEURS

Leo van der Weele

Monopoly in
de sneeuw

ISBN 978-3-99064-997-8
100 bladzijden

Twee mannen en een vrouw stranden in de sneeuw in
Noord-Groningen. Ze vinden onderdak bij Lieke. Daar vertellen
de vier elkaar hun levensgeschiedenis. Met Monopoly in de
sneeuw geeft Leo van der Weele een boeiend inkijkje in hun
levens, werk en idealen.

Leo van der Weele

Wat nu kaars?

ISBN 978-3-99107-118-1
72 bladzijden

Wat nu kaars? is de vijfde novelle van Leo van der Weele. Het
verhaal is een vervolg op Welterusten kaars en Goeiemorgen
kaars. Kan Hanneke haar twijfels overwinnen en toch voor
Peter kiezen? Het toeval helpt een handje om tot een happy
end te komen.

novum ▲ UITGEVERIJ VOOR NIEUWE AUTEURS

Leo van der Weele

15 augustus, impact van een Indische jeugd

ISBN 978-3-99107-321-5
56 bladzijden

De Indië-herdenking op 15 augustus vormt de aanleiding tot deze autobiografische terugblik in historisch perspectief. Van der Weele brengt zijn jeugd door in het voormalige Nederlands-Indië, gedeeltelijk in een jappenkamp.

Leo van der Weele

Congres in Mexico

ISBN 978-3-99107-754-1
72 bladzijden

In Mexico is een groot, internationaal congres over longziekten. Statisticus Herbert en longarts May ontmoeten elkaar in deze fascinerende, maar ook chaotische omgeving. Maar vinden ze elkaar terug, weer thuis in het nuchtere Groningen? Wie zet de eerste stap?

Leo van der Weele

May

ISBN 978-3-99131-408-0
90 bladzijden

Na hun kennismaking tijdens een congres in Mexico verliezen longarts May en statisticus Herbert elkaar weer uit het oog. Als May dan voor haar proefschrift de hulp inroept van Herbert wordt de relatie nieuw leven ingeblazen. Maar makkelijk verloopt de relatie niet.